新作

稻田读书

目光清澈的人

在那稻田相见

数过满天星

张家鸿 著

杭州

图书在版编目(CIP)数据

数过满天星 / 张家鸿著. —杭州：浙江工商大学出版社，2022.6(2023.5 重印)
(稻田读书 / 周华诚主编)
ISBN 978-7-5178-4955-1

Ⅰ. ①数… Ⅱ. ①张… Ⅲ. ①中国文学－现代文学－文学评论－文集②中国文学－当代文学－文学评论－文集 Ⅳ. ①I206.6-53

中国版本图书馆 CIP 数据核字(2022)第 083187 号

数过满天星
SHU GUO MAN TIAN XING
张家鸿 著

出 品 人	郑英龙
策划编辑	沈 娴
责任编辑	孟令远
责任校对	韩新严
封面设计	观止堂_未氓
责任印制	包建辉
出版发行	浙江工商大学出版社 (杭州市教工路 198 号 邮政编码 310012) (E-mail:zjgsupress@163.com) (网址:http://www.zjgsupress.com) 电话:0571-88904980,88831806(传真)
排 版	杭州朝曦图文设计有限公司
印 刷	杭州宏雅印刷有限公司
开 本	787 mm×1092 mm 1/32
印 张	9.375
字 数	152 千
版 印 次	2022 年 6 月第 1 版 2023 年 5 月第 2 次印刷
书 号	ISBN 978-7-5178-4955-1
定 价	68.00 元

作者简介

张家鸿

福建惠安人，中学语文教师，任教于福建省惠安高级中学，福建省作家协会会员、福建省文艺评论家协会会员，《教师博览》原创版签约作者。文章见于《文艺报》《人民日报》《文学报》《文汇报》《福建文学》《北方文学》《厦门文学》《福建日报》《北京日报》等报刊。曾获叶圣陶教师文学奖、伯鸿书香奖阅读奖、四川省新闻奖报纸副刊作品奖二等奖、泉州文学奖、泉州青年五四奖章，现致力于阅读推广。

目录

第一辑 现代文学过眼

第二辑　当代文学扫描

第三辑　阅读的魅力

第四辑 数过满天星

第一辑　现代文学过眼

巴金的成长之路

巴金依靠一颗善良又勇于进取的心，创造出属于自己的文学天地，在中国现代文学史上留下了精彩又厚重的一笔。

建造一座中国现代文学馆，为后人留下一座文学宝库，这是一位老人晚年最大的愿望。为了这个愿望能够最终实现，他亲自给中央领导人写信，直言建设文学馆对于中国现代文学的深远意义。文学馆建成以后，他捐出自己积攒多年的稿费，第一次就捐出十五万元，而当时的人均工资只有百十来块钱。他还多次捐出自己珍爱了一辈子的藏书。这位老人就是“人民作家”——巴金。

心存善念，关爱他人

巴金生在官宦之家，他的父亲曾任四川广元的县令。他对父亲坐堂用刑、犯人受刑后叩头谢恩不解；对母亲命人用皮鞭抽打偷吃黄瓜的奶妈一事产生不快。广元县衙的后院养了不少鸡,巴金是负责发号施令的“鸡司令”。鸡们一天天地长大,长成了漂亮的母鸡和威武的公鸡,可是后来被厨师宰杀做菜了,巴金却无法制止,他为此大哭了一场。他想不通的是:鸡为什么就要被人食用?他向父母讨教,可是没能得到满意的答复。十岁时,母亲病逝让巴金非常伤心。巴金还常常到家里的“下人”中玩耍,在巴金的心中这是一个活生生的有温度的世界。在巴金的世界里,读“有字书”与读“无字书”是同时进行的。广袤的大地就是一本永远都读不完的“无字书”,它给巴金带来了无限的启迪。

热爱读书,求取真知

小时候的巴金兴趣非常广泛,他喜欢看戏、读书、下象棋、看电影,其中最喜欢的还是读书。喜欢阅读的良好习惯,为他日后的创作奠定了坚实的基础。十三岁时,父亲病逝。内心悲伤且空虚的巴金把目光投向书本,既读《说岳全传》《水浒传》等古典小说,又读狄更斯的《大卫·科波菲尔》和史蒂文森的《金银岛》等外国名著。同时,巴金的大哥挑起了长房的担子,以忍受和让步来应付其他各房的仇视、攻击,大家庭内的矛盾加剧。

1920年,巴金考入成都外国语专门学校。在“五四运动”时期各种思潮的影响下,他不仅阅读传播新思想的各种刊物,还读到克鲁泡特金《告少年》的中译本,随后给翻译此书的陈独秀写信。陈独秀作为新文化运动的旗手与领袖,是当时许多年轻人的榜样。我们可以想象当时的巴金心中对于回信的期盼有多么迫切,就对音讯全无的结果有多么失望。随着新思想传播日益深远,巴金也逐渐受其影响,他想要离开成都、冲破藩篱的念头越来越强烈。1923年,巴金和三哥李尧林一起,乘木船离开成都前往重庆,再由重庆沿长江至上海,后来再由上海转至南京读书。

翻译创作,成就自我

1925年8月,巴金毕业于南京东南大学附中。这个时候的巴金开始尝试翻译无政府主义者克鲁泡特金的一些著作。1927年1月,巴金赴法国巴黎求学。在法期间,他一方面大量阅读西方哲学和文学作品;另一方面,他时刻关心着祖国的情况,并开始写作《灭亡》。作为巴金在文坛上隆重且正式的亮相,《灭亡》在《小说月报》上发表后引起了强烈反响。它是作家巴金的初试啼声,虽不嘹亮却意义深远。

小说以军阀统治下的上海为创作背景，描写了一些受到"五四"新思潮鼓舞，一心寻求社会解放道路的知识青年的苦闷和抗争。主人公杜大心怀有"为了我至爱的被压迫的同胞，我甘愿灭亡"的决心，并最终为信仰而英勇献身。主人公的结局反映了巴金本人的人道主义思想。而这种人道主义情怀贯穿着巴金生命的始终。不管是早年的《家》，还是后来的《寒夜》，以及晚年的《随想录》，都是巴金为普通生命呐喊的见证。

除了《灭亡》与《随想录》，还有《春》《秋》《憩园》《第四病室》以及《雾》《雨》《电》等耳熟能详的作品，巴金依靠一颗善良又勇于进取的心，创造出属于自己的文学天地，在中国现代文学史上留下了精彩又厚重的一笔。

巴金和他的“三位先生”

巴金,用自己坚持不懈的付出,不仅在中国现代文学史上留下了伟大的作品,还铸就了自己伟大的人格。

平等待人,爱一切人

巴金的母亲陈淑芬是一个贤惠、宽厚的女子,平日里喜欢读些诗词。她给孩子们每人订了一个本子,每天要在上面抄一首诗词。夜晚,她先是柔声地吟唱一遍,吟唱罢便认真地讲解。第二天晚上又让孩子们温习那首诗词,直到他们会背为止。母亲在那白纸上为圈点诗词而写下的一个个娟秀的小字,令巴金终生难忘。这样品读诗词,使得巴金始终以读书为乐,他说:“我们从没有一个时候觉得读书是件苦的事情。”

有一天下午三哥为了一点小事摆起主人的架子,把小丫头香儿痛骂了一顿,还打了她几下。母亲把儿子叫到香儿面前,温和地对他说:“丫头和女佣都是和我们一样的人,即使犯了过错你也应该好好地对她们说,为什么动辄就打就骂?况且你年纪也不小了,更不应该骂人打人。我不愿意让你以后再这样做!你要好好地牢记着。”母亲的话,不仅三哥记住了,站在一旁的巴金也记住了,并且记了一辈子。

母亲去世二十多年后,巴金深情地回忆道:“她教我爱一切的人,不管他们贫或富;她教我帮助那些在困苦中需要扶持的人;她教我同情那些境遇不好的婢仆,怜恤他们,不要把自己看得比他们高,动辄就将他们打骂。”巴金将母亲视为自己的“第一位先生”,母亲“爱一切人”的教诲影响巴金终生,他还把母亲的教诲倾注在自己的作品里。

牢记嘱咐,汲取力量

在母亲的影响下,巴金待家里的丫鬟、用人、轿夫如真正的家人,并不另眼相待,更不会瞧不起他们。

有一年的大年三十晚上,当家人都在敬神拜祖的时候,巴金却独自在马房里听周轿夫讲故事。故事的主人公到过许多地方,吃过不少苦头。他的老婆因忍受不了贫苦的生活,离家出走了;他的儿子当了兵,却死在了战场上。故事的主人公就是周轿夫本人。他痛苦凄惨的经历和正直善良的品性,给了巴金很深的影响。这个不识一字的周轿夫被巴金看作“第二位先生”。周轿夫对他说:“你记住,火要空心,人要忠心。”这样一个遭到过如此不幸、处在困苦境地的人,竟然还有如此坚定且崇高的信念。这使巴金一生不能忘却,也成了他后来的一种生活态度。

在以后的日子里,每当巴金想要放弃的时候,总能想起“第二个先生”语重心长的嘱咐,并从中汲取强大的力量,继续在文学的园地里勤奋耕耘。与此同时,他在自己的作品中更多地展现普通人乃至小人物的命运,《砂丁》与《萌芽》中写到的矿工、《第四病室》与《寒夜》中写到的小市民与小公务员,都是巴金为一个个普通生命呐喊的见证。

甘于牺牲,奉献自我

小时候的巴金兴趣非常广泛,但最喜欢的还是读书。他不仅读了许多中国古典小说,还读了《大卫·科波菲尔》和《金银岛》等外国名著。在“五四运动”时期各种思潮的影响下,他阅读了许多传播新思想的刊物,进一步开阔了视野。后来,巴金在《半月》编辑部里担任编辑时,认识了吴先忧。吴先忧教给他“自我牺牲”的精神，成为巴金的“第三位先生”。在与这位“先生”相处的日子里，有一件事情使巴金十分感动：《半月》每期销一千份，收回的钱很少，还得另外筹钱刊印别的小册子。“先生”家里是姐姐管家，不许乱用钱。“先生”是一个非常热心的人，没钱就把自己的衣服拿去典当。“先生”怕姐姐知道这件事，出门的时候总是把拿去当的衣服穿在身上，走进了当铺才脱下来。当了钱就拿去付印刷费。

这种乐于牺牲、甘于奉献的精神给巴金带来很大的震撼，这是他成长道路上不可或缺的一课。后来巴金身为全国政协副主席，又担任中国作家协会主席二十多年，却从未拿国家一分钱的工资。1998 年，巴金获得第四届“上海文学艺术奖”，得到一笔巨款，他立即以“一个老人”的名义捐献给希望工程。一百零一岁的他两次托人以“上海作家李尧棠”的名义向印度洋海啸灾区捐款，共计六万元。他不赞成设“巴金文学奖”，曾把在日本获得的五百万元资金，全部捐赠给了上海作协基金会。巴金，用自己坚持不懈的付出，不仅在中国现代文学史上留下了伟大的作品，还铸就了自己伟大的人格。

巴金的两种书

“真诚是一种心灵的开放。”

——［法］拉罗什富科

《雪泥集》

这册书有一个副标题——“巴金书简”，编者是著名翻译家杨苡先生，她同时也是这批书简的收信人，她在“前记”中说：“这一册书简共六十封，由于历史造成的种种原因，并不是完整的。”因为日寇占领天津租界，所以巴金从1936年到1938年写给她的十多封信化为灰烬。在抗日战争时期，杨苡辗转各地，从天津到昆明，从昆明到重庆，生活的流离，又造成了大量信件的遗失，其中自然包括了巴金先生的几封信。“文革”期间，杨苡又不得不烧掉了巴金的几封信。

巴金在1942年6月寄自成都的信中说：“你的译诗

已看完，并且介绍到(桂林)《自由中国》(将改名《文学杂志》)去了，刊出无问题，不过这杂志以脱期著名，下一期不知什么时候可以印出。”信中有帮着推荐译诗的鼓励，更有告知实情的歉意。不仅推荐文章发表，巴金还对杨苡说：“你们的书我都可以印的。”“你们”指的是赵瑞蕻、杨苡夫妻俩，这样一句朴实的话体现的是一份毫无保留的信任，这会在收信人心中留下怎样的温暖呢？

在 1953 年 7 月的信中，巴金提出了直言不讳的批评：“我希望你好好地工作，不要马马虎虎地搞一下了事，你要是认真地严肃地工作，我相信你可以搞得好。但已出的两本书都差。我这个意见不会使你见怪吧？”已出的两本书指的是《俄罗斯性格》与《伟大的时刻》，都是在巴金主持的平明出版社出版的。书虽然已经出版了，但是还是“差”，这个“差”应该是翻译的质量没有达到巴金的期望。

在杨苡眼中，这册《雪泥集》是“一个伟大的作家”与一个“微不足道的读者”之间友谊的见证。可是仔细阅读每一封书简过后，读者自会发现巴金在信中始终保持一份良好的心态。巴金似乎从未把杨苡当作自己的读者，而是当作文学道路上的新人，给予她毫无保留的鼓励、鞭策、提醒。

“文革”结束后，书信篇幅明显长了许多，信中更多的是好友之间的心里话，让人读来觉得节奏舒缓，余味悠长，温暖人心。在 1977 年 5 月的信中，巴金说：“好久没有写文章，起初真感到不知从何处写起。但是写完我也感到痛快，因为我讲出了心里的话。‘四人帮’专讲假话，那么讲真话也是同他们对着干吧。”这是《雪泥集》中第一次出现“讲真话”三个字，随着新时期的到来，巴金的心灵也要完全敞开，去迎接一个新的春天了。一年后的 12 月 1 日，巴金在香港《大公报》发表《谈〈望乡〉》，标志着他《随想录》写作的开始。从此，他开始走上反思“文革”、解剖自我的思想轨道。

“我称巴金先生为‘先生’，是敬爱的‘先生’不时鼓励了我，叫我相信未来，他说：‘未来总是美丽的。’”这句话饱含杨苡的感恩之心。巴金于 1927 年写成小说《灭亡》，1929 年在叶圣陶主编的《小说月报》上刊登后引起了强烈的反响。这是叶圣陶对青年巴金的鼓励。在了解这些前辈人物时，我乐于见到这样的一种精神传承。巴金在受到前辈师友的鼓励之后，也会因此而鼓励比自己年轻的晚辈。

这册书从印出到现在有三十多年了，书脊与封面的连接处有些泛黄的斑点，书页也有明显的泛黄。虽然如此，纸张却没有受到任何明显的破坏，算是保存得较好的。它辗转来到我的手中，是一段美好的书缘。我于信的字里行间见识了一段珍贵的友情，已然是一件美事。

除了编者是杨苡之外，封扉设计者是“叶雨”，“叶雨”即“业余”，“业余”是范用先生对自己书籍装帧设计水平的自嘲。当然，从另外一个角度，也可以理解为自信，体现了一份永不满足、力争上游的气概。不管范用先生如何看待自己，书的设计是让人喜欢的，一派素面朝天的模样，书名挂在封面的右上角，九株小花直立在天地间，封面的正中央饰着一个红黑线条并行的长方形方框，像是信笺的模样。

书简的作者是巴金，编者是杨苡，装帧设计者是范用，在今天看来，这是很让人怀念的强大阵容了。这样的阵容，让我在翻阅这本薄薄的小书时，时常想起他们共有的一种爱书情怀。

《随想录》

就社会现状来说，巴金的《随想录》，是一剂治病救人的苦口良药，是一滴明心见性的甘露。

我给学生讲过《随想录》中的名篇《小狗包弟》，活泼好动的“包弟”惹人怜爱，悔意深重的“我”让人心绪难平。

巴金笔下流露出的对弱小生命的爱与尊重，给学生们留下了深刻的印象。课堂上，我让学生们说说往昔时光里与小动物们相伴相随的趣事，虽然他们并未一齐举手，却从未冷场。一人讲完坐下之后，总有另一个人举手要求继续发言分享。那些时候，我仿佛走进了孩子们的心里，感受他们在记忆的库存里梳理着的丝丝缕缕。在听学生讲述的同时，我同样会情不自禁地回想起美好的往事。

我很感谢《随想录》，它唤起了孩子们心中的美好情感以及心中清晰可见的善念。他们说出的每一个字都是无比真挚的。

对成年人来说，《随想录》是苦口但利于病的良药。《随想录》是巴金先生自我反思的思想力作，字字真诚，“说真话”是晚年巴金给读者留下的深切呼唤。

品读《随想录》，对比先贤，环顾周围的人和事，看看自身，我们如何能不认真反省？

在当下的社会，一些人以个人利益的最大化为终极目标，原本可贵的道德品质被抛之脑后。亦有一部分人，心中明知真诚的重要，秉承真诚的信念却只是暂时的而已，待达成目的之后，马上将之扔在地上，随意踩踏。弘一法师有言：“内不欺己，外不欺人。”自欺欺人之人，洋溢在脸上的笑容终究是不能长久的，不仅如此，他们总有一种强烈的危机感，如阴霾一般不能散去。在这些人眼里，诚信只是一种工具，一种谋取利益的工具。于此，诚信已经被物化了。

法国作家拉罗什富科有一句话说得极好："真诚是一种心灵的开放。"诚信之人，不会人前一套背后一套，不会为达目的不择手段，不会成为伪君子，不会一心追求一己私利，不会毫无做人原则。真诚的人，是笑容满面的，是童叟无欺的，是问心无愧的，是行得正、站得直的。真诚的人，是勇敢、坚韧、进取、豁达、乐观的。

丰子恺的漫画《豁然开朗》，恰恰可以作为真诚之意义的最好解读。人生说长不长，说短不短，任何人都是生活在一定的人际圈子里的。真诚之花绽放心中，人生处处都是春天，倘若有乌云蔽日的时候，那也只是短暂的插曲而已。

沈从文的《湘行散记》

"一个士兵不是战死沙场,便是回到故乡。"

——黄永玉

他曾经是个行伍中人,年少入伍;他曾想当燕京大学旁听生而不可得;他没有任何的留学背景,甚至没有一张像样的文凭;他低调内敛且不厌其烦地做着分内之事,默默无言。与同时代的作家相比,他显得低调、木讷、内敛,一点都不起眼。他就是沈从文先生。沈先生若走在路上,没有人会把他跟"作家""学者""教授"这样的词汇联系在一起。他就是一个毫不起眼的小老头。

在我的求学生涯里,头一回听说"沈从文"这个名字,是在高中语文课堂上。语文老师说,这是一个内心和文字都很纯净的作家,像早晨的露珠,像海底的珍珠,让人不忍触碰。从此,我把这个名字,连带这句话深深地记在脑海里。

直到我遇见了《湘行散记》，沈先生才真真切切地走进我的生命里，再也不曾离开过。他在回乡的河道里兜兜转转，他在信笺里流淌不尽的是深深的眷恋，既有对爱妻张兆和的，也有对故乡一草一木的。唯有在故乡的天空下，沈先生才能彻底释放自己，将喜怒哀乐全部诉诸笔端。此刻，我终于明白了故乡对于一个人的终极意义。故乡，是灵魂的栖息地。在故乡面前，任何饱经沧桑的人都会返老还童，成为一个天真烂漫的孩子。在《老伴》一文中，沈先生写道："天上有一粒极大星子，闪耀着柔和悦目的光明。我瞅定这一粒星子，目不旁瞬。"这不就是沈先生在故乡怀抱里的撒娇吗？在《滕回生堂的今昔》里，沈先生异想天开地诉说着："假若我此后当真能够长生不老，一定便是那时吃药的结果。"沈先生以一颗真挚的童心回味着童年的点点滴滴。故乡是一条河，童心更是一条河，这两条河从沈先生记事起一直交汇流淌至今。沈先生回乡了，在两条河上同时行走着，质朴的心境清澈，似远又近的乡愁越发浓烈。

沈先生说："我不看重鼻子，不相信命运，不承认目前形势，却尊敬时间。我不大在生活上的得失关心，却了然时间对这个世界同我个人的严重意义。我愿意好好地结结实实地来做一个人，可说不出将来我要做个什么样的人。”人啊，总有对故乡深深的眷恋，这眷恋来自根深蒂固的血脉相连、心魂相通。离开故乡，刹那的转身即定格为永恒的镜头；经年累月以后，重回故乡怀抱，更是为了明白时间在他身后的痕迹，点点滴滴，汇成心头的百转柔肠。于是，我想起了从书刊上读到的有关沈先生的点点滴滴：离开家乡，以尚且不识标点符号的水平投考燕京大学；在北平初学写作的日子里，举目无亲，曾连温饱问题都解决不了；在上海中国公学初次授课时，结结巴巴，紧张得都要哭了；一厢情愿地给张兆和写情书，痴心不改，甚至要以自杀相要挟；给学生改文章，不厌其烦，文后的评语比文章本身还长。

沈先生很顽固，很痴情，很透彻，很纯净。

《湘行散记》的写作源于1934年沈先生只身回乡的经历，他在归乡的旅途中用文字书写心情，简单的画笔朴素又有力地勾勒出沿岸的风光和风光里的人。所以，我又把沈先生看成一个画家，一个倾心描摹故乡的画家。寥寥几笔，便勾勒出远处的山与近处的船，山的巨大轮廓与船的静默姿态都清楚地映入读者眼中。“我觉得他们的欲望和悲哀都十分神圣，我不配用钱或别的方法渗进他们命运里去，扰乱他们生活上那一份应有的哀乐。”他们是有着“那点露水恩情”的小妇人和水手，这些处于社会最底层的人，是可以让沈先生肃然起敬的。因为他们都在为各自的生活奔波，坚毅、执着、勇敢。沈先生出身贫苦人家，这样的敬意既是他的感受，又说明他骨子里是个温润如玉的谦谦君子。在他笔下，流露出一个野性十足、不加修饰的湘西。他速写的笔与行文的笔，有时候相互补充，更多的时候是不分彼此，互相交融。

“河面杂声的综合，交织了庄严与流动，一切真是一个圣境。”在这样冷静又炽热的文字面前，我有些喘不过气来了。沈先生知道自己的文字有强大的生命力，超越时间的界限，有朝一日会在懂他的读者身上掀起巨大的波澜。所以，他处处用心、时时在意地在文字里释放着对故乡的热爱，有时还携带着几缕朝圣般的宗教情结。难忘的还有先生留下的寥寥几笔挥就的插图，故乡的山屹立着，故乡的水流淌着，在这里，凝聚了一个游子对故乡浓浓的爱意。也许，在专业画家眼中，这只不过是简单的涂鸦。然而在我眼里，这些插图，像是来不及写下的几分温柔，几缕情丝，灵光乍现之后，换了一种艺术形式呈现笔端，成了《湘行散记》里最具灵性的部分。据说，沈先生的这次回乡，是带了相机的。只是他舍不得拍风景照，要留到家乡给家里人拍照。有文字，有插图，有照片，保留此行记忆的信物注定不会丢失，即使时光的脚步走得再远。照片会泛黄，插图会模糊，文字却会随着印刷品的传播，走向天涯海角，地久天长。

沈先生还写道："想到这些眼泪与埋怨，如何揉进这些人的生活中，成为生活之一部时，使人心中柔和得很！""眼泪与埋怨"不都来源于个人生活中的苦难，也来自传统社会的愚昧、杀戮与悲凉。可以淌过如此这些不堪的种种，沈先生的生命中需要何等的伟力。若干年前，沈先生就是"这些人"中的一个。而写着如许文字的彼时彼刻，沈先生在通过文字完成了不断的仰望之后，亦不忘在心灵的最深处咀嚼吐纳着故乡的素朴与原始，甚至是落后与愚昧。九岁时的沈先生，目睹过残酷的杀人场景。儿时见过杀人，长大后写出来的文字却是对一个个普通人的热切眷恋，这是多么巨大的反差，亦可看出他的心是多么柔软。这样的柔软是与生俱来的。

借用李辉评价黄永玉的话："在艺术家浓得化不开的情感中，故乡永远是翩翩起舞的美丽精灵！"同为凤凰人，黄永玉如此，沈从文更是如此。这精灵在记忆的河流里跳动，其不经意间撒落在时间里的吉光片羽，足以令游子心生无限的眷恋。除却眷恋，沈从文先生还有柔和，还有纯净。

因为这份柔和与纯净，因为眷恋，在中国现代文坛的璀璨星群里，我最爱的是沈从文先生。走笔至此，我想起了翠翠，她还在岸边等着心上人吗？我想是的，她会一直那么痴情地等下去的。《边城》不正是沈先生为故乡唱起的赞歌吗？“边城”是沈先生的故乡由现实投射到小说中的影像，边城不“边”，它一直在沈先生心中。而边城又因为“边”，才与沈先生的故乡有几分神似。

1957 年，时年五十五岁的沈先生第二次回到故乡，在这次短暂的逗留中，他得到了片刻的宁静。故乡仿佛是一个世外桃源，让他呼吸到了久违的清新空气，得到了寻觅已久的自由畅想。1982 年，耄耋之年的沈先生最后一次回到故乡。这次故乡之行的内容丰富多彩，听傩戏，做文学讲座，参观博物馆，到文昌阁小学里和孩子们一起听课，在沱江里行舟，在河坝上野餐。不管到哪里，都有人群簇拥着。热闹的场面里包裹的是一颗宁静的心，沈先生何尝不清楚这是最后一次脚踩故乡的土地。特别是坐在教室里与孩子们一起听课的画面，令我多年以来一直不能忘怀。圆圆的红红的脸，柔柔的淳淳的笑，稀疏得快要落尽的白发，这便是教室里的沈先生。他此刻会想起当初那个整天逃学的乡村少年在课堂上的煎熬与憋屈吧？

沈先生从来不跟风，不跟文学的风，不跟政治的风，他从来都是随心走的。随自己的心,随爱着故乡的一颗心。故乡既然是生命的来处,那一定昭示着文学的终极意义。沈先生曾说他要建一座希腊小庙,里面供奉的是人性。对故乡的牵挂与赞美,不正是人性之美?黄永玉在沈从文先生墓前的碑上写下这么一句话:“一个士兵不是战死沙场,便是回到故乡。”已经作别我们三十年的沈先生是永远回不来了,但是他的骨灰,他的魂魄正在故乡的大地上栖息着。这里没有风风火火的斗争,没有尔虞我诈的虚伪。抬眼望是蓝天,是星斗;俯身看是流水,是轻舟。

“这个人也许永远不回来,也许明天回来。”受过沈先生文字润泽的我,望着那清如明镜的水面,望着那灵动的小船,望着两岸优雅且连绵的山,就像真的替沈先生回了一趟又一趟的故乡。有这么一个人从这一片土地走出,写过那么一些文字,这种恰到好处的美仿佛是天造地设的一般。因为沈先生,凤凰成了我心目中的文学圣地。现实中的我,总是一而再再而三地推迟去往湘西凤凰的日子,为的是我在沈先生的文字里遇见的美好能够一直鲜活下去。

丰子恺的真与趣

文也好，画也罢，丰子恺笔下所描绘的是最淳朴的自然与最本真的人生。一篇质朴至极的散文常让人再三回味，一幅清新明丽的漫画又令人遥想不已，这种强烈的艺术感染力全由一颗对待生活的真心而来。

2018 年是丰子恺诞辰一百二十周年。他一生在教育、绘画、书法、散文、翻译等领域都成绩斐然，他的绘画往往于细微处探究人生，反映世态人情，作品被赞为“如同一片片落英，含蓄着人间的情味”。《万物有真趣》收录了丰子恺的《杨柳》《学会艺术的生活》《闲居》《读书》等二十九篇经典散文以及多幅漫画，按照内容分为四个部分，分别是“生活可以是艺术的”“发现生活之美”“万物有灵且美”与“以艺术的方式过一生”。

在艺术史上，艺术家的精神特质在超越肉体的生死界限之后，会逐渐走向永恒。丰子恺也是这样的艺术家。

于《物语》中，丰子恺先生从葡萄到南瓜到鸽子再到黑猫，在一一描绘它们生命的动人过程之后，道出万物齐长、众生平等的真相。只可惜这些往往被人们傲慢的心性、霸道的举止所遮蔽，忘却原本属于生命本身的动人过程。我最喜读文中写到的南瓜秧渐长："你想，一粒瓜子放在墙下的泥里，自会迅速地长出蔓来，缘着竹竿爬到人家的屋上。""看哪，许多南瓜秧在微风中摇摆着。"在丰子恺笔下，南瓜秧既是南瓜秧，也是饱含生命力的小家伙。你看它的"迅速"，它的"爬"，它的"摇摆"，都荡漾着蓬勃的朝气。丰子恺既不仰视，也不俯视，而是把它放在合情合理的位置上，给予与对待己身一样的审视与关注。

这种只消稍微关注便充盈于视线里的美，源于生命的真与善。而生命的真已为许多人所遗忘，人们素来记得的只是南瓜带来的吃食之用。杨柳，也是一向为丰子恺所倾心的绿色植物，它一而再再而三地被请进丰子恺的画里。他坐在西湖边的长椅子上时，"看见湖岸的杨柳树上，好像挂着几万串嫩绿的珠子，在温暖的春风中飘来飘去，飘出许多弯度微微的S线来，觉得这一种植物实在美丽可爱，非赞它一下不可"。在美丽可爱的自然面前，人往往如陶潜所说"此中有真意，欲辨已忘言"。在真正的魅力面前，赞美显得有些词穷，慨叹是多么多余，渲染更是不必,人们能做的就是要把这些真的景物、景象、景致诉诸笔端,牢记心中。

真还在哪里?在孩子们的心里,在孩子们从心生发的言行举止之中。拥抱童心的孩子们,可以不管尘世的规则,可以不顾人间的成法,只需率性而为即可。依照丰子恺的看法,他们在天真与率性中拥有着一个极其广大、无边无际的世界。这恰是因生活的琐屑、物欲的炽热而迷乱的大人需要学习的。在大人的世界里,凳子就是凳子,在孩子的世界里凳子既是凳子,还是桌子,是墙壁,是障碍物,是高山,是台阶,具有种种的可能。因为真,孩子们的想象力是无穷无尽的。与之相反的是大人被理智之网罩住,“山明水秀,在他只见跋涉的辛劳;夜静人闲,在他只虑盗贼的钻墙”。理智之网围绕的核心词汇便是“功利”。换言之,山明水秀或夜静人闲于我有何好处?倘无好处,便可以视若无物。

这便显示出丰子恺与一般成年人之不同。他不像那些完全脱离家庭、一心扑在事业上的男子,反而常常发起让孩子们全情参与的家庭娱乐,为自己能和孩子们一道游戏与玩耍而感到幸福。他最爱生活中含蓄隽永的诸多趣味。现如今,有多少孩子已丧失童心、日渐老成,更何况日日在功名利禄中摸爬滚打的成年人?由此可知,丰子恺有的是真的家庭，过的是真的人生。

丰子恺是童心的拥有者，还是童心的呵护者。如果说拥有童心必须以时间为前提的话，那么呵护童心既流淌在他的血液里，更流淌在他的一字一句、一笔一画之中。“昔日我在上海的小家庭中所观察欣赏而描写的那群天真烂漫的孩子，现在早已不在人间了！”孩子们长大了，先生既喜又忧。喜的是他们的成长，忧的是他们的童心不再有。他越是感受到童心的可贵，越是孜孜不倦于艺术创作中，渴求在画笔中永远保持一颗纯真的童心。

文也好，画也罢，丰子恺笔下所描绘的是最淳朴的自然与最本真的人生。一篇质朴至极的散文常让人再三回味，一幅清新明丽的漫画又令人遥想不已，这种强烈的艺术感染力全由一颗对待生活的真心而来。回过头来说，人若有了真心，得了真趣，生命就会变得明亮、清澈、通透。虽然如此未必能在人生际遇中纵横捭阖，却也能依托自我的觉知得到更加持久、畅快的欢乐。由此说来，在现代人这里，读丰子恺的文与画便有着清净自我的意义。

丰子恺的思与画

“小孩子真是人生的黄金时代！我们的黄金时代虽然已经过去，但我们可以因了艺术的修养而重新面见这幸福、仁爱而和平的世界。”

《缘·缘》的副标题为“丰子恺我思我画”，这是一部图文并茂的书。在辑录丰子恺艺术理论的同时，辅以他的漫画，这些漫画作品分为“童心”“世相”“物我”“朋情”四组，且有序地穿插在书中，与文字交相辉映、相得益彰。文字传播真知，漫画陶冶情操，借此为读者营造出一个诗意、真挚、动人的艺术世界。

在《艺术的效果》中，丰子恺写道：“唯有在艺术中，人类解除了一切习惯的迷障，而表现天地万物本身的真相。”因而，画中的朝阳才能“庄严伟大，永存不灭”；画中的牛羊，才会“能忧能喜，有意有情”；诗文中的贫士、贫女，才能“如冰如霜，如玉如花，超然于世故尘网之外”。

我忽然意识到，有那么多的文人雅士在伟大的艺术品或文学经典面前，会心生诸多感触，多半是因为通过伟大的作品瞥见了某些物事的本真面貌。这般情景，是可悲的，因为人们被世俗乱象蒙蔽，与真相越离越远。亦是可喜的，诚如丰子恺所言，当我们用全新至净的眼光来“欣赏艺术的时候，我们的心境豁然开朗，自由自在，天真烂漫”。对于一个有超越世俗的追求的人来说，艺术绝对不是可有可无的。

丰子恺还提到，倘若有了欣赏艺术品的经验，人们便会以面对艺术品的心情来面对人世之事。他说：“一味计较功利，直到老死，人的生活实在太冷酷而无聊，人的生命实在太廉价而糟蹋了。”所以，在不妨碍生活的前提下，以非功利的心情来面对人世之事，“可使人的生活温暖而丰富起来，人的生命高贵而光明起来”。“温暖而丰富”是世俗的，“高贵而光明”是精神的，丰子恺先生为我们指引了一条去功利、明自我的捷径。这是捷径，也是一道清醒剂，这篇写于 1941 年 1 月 20 日的文章，至今依然有现实的指导意义。

作为一个在散文与漫画创作领域均取得巨大成就的艺术大师，丰子恺不仅对生活有深刻的见解与独到的思想，其胸中还蕴藏着巨大的能量，笔下流露出非凡的气象。在丰子恺的眼中,写生是不可强求的:"希望满载而归的人,其心必斤斤于计较画幅,勉强取景,勉强描写,其画虽多无益。"他认为,可以把写生当散步看,于自然随意中捕捉到值得赞叹和能引发无限感兴的美景,那么写生就成为欲罢不能的乐事了。由此看来,艺术创作是不能有半点勉强的,勉强而成的画作,最多只是画作罢了,没有任何的艺术感染力。

《艺术的园地》中论十二门艺术:书、画、金、雕、建、工、照、音、舞、文、剧、影,有明白通达的见地,不做勉强之论,娓娓道来,合情合理,让人信服。行文中也不局限于理论的阐述,不会让人觉得高深莫测,反而时时处处地把艺术置于现实处境中考量,顺藤摸瓜地找到其着落之处。在丰子恺眼中,书法因为是实用工具,会被"现代生活的繁忙加以简笔化、实用化、通俗化;商业竞争又给它图案化、广告化、奇怪化……几乎使它失去了原来的艺术性"。如此局面,说的不就是书法艺术在当下的处境吗?

大师者,只是某个专业某个领域的大师,并不是所有领域的大师。丰子恺之可贵在于,他虽在别的艺术领域里发出属于自己的声音,但不板起正儿八经的面孔,不会带着师尊的命令式的语气,而以商量的、委婉的语气,像在寻求知音出现、期待智慧的交锋一般。这种胸襟是开放的、接纳的，不是闭塞的，因而对于丰子恺来说，在发表观点的同时，也是在寻求一个进步的机会。大师之大，即在于他永远处于一种进取的心境中，海纳百川，有容乃大。反观当下，有许多顶着“大师”帽子的专家学者，在自家领域之外大放厥词，做出上知天文、下通地理的高傲模样，且语不惊人死不休，实在是可笑至极！

在浮躁的现代社会里，亲近丰子恺的作品可得一种无法言说的幸福感。在品读的过程中，我常常有似曾相识之感，他的好多见解是我原本就认同的。此时此刻，我会不由自主地心生对丰子恺的感激之情。是他们那一辈人对艺术深入浅出的真知灼见，影响了一代又一代人，我在他的文字里爬梳，像是寻到了这些见解的源头。寻到以后，心中感到的是满满的亲切。其文字能够对民众产生广泛且长久的影响，其学问与修养的背后所流露的性格必然是亲民的、仁爱的、温和的。譬如他提倡实用美术时说：“这仿佛是家常便菜上撒几点味精，凡有口的人，大家感觉快美。”

读丰子恺优雅温润的艺术随笔，像是听一个穿着长衫、留着长须的老者在我面前娓娓道来，说的都是言之有物、朴实无华的道理，他不强迫你都听取，又有一种主动吸引你的力量。在获取了真知的同时，我也感受到了一种促膝谈心般的尊重。这种与大师亲近的缘分,素来是我所珍视的。在艺术的世界里闯出一片天地的丰子恺还是一个怀抱赤子之心的人,在《美与同情》的末尾他说:“小孩子真是人生的黄金时代!我们的黄金时代虽然已经过去,但我们可以因了艺术的修养而重新面见这幸福、仁爱而和平的世界。”与《缘·缘》有关的点点滴滴,是我心中难以抹去的阅读印记。

丰子恺的《教师日记》

“云山苍苍，江水泱泱。先生之风，山高水长。”

——范仲淹《严先生祠堂记》

《教师日记》的写作时间起于中华民国二十七年，即1938年的10月24日，止于次年的6月24日，前后时间跨度恰好八个月整，是丰子恺于抗战期间流寓广西桂林担任教职时的详细记录。我平素喜欢读传记、回忆录、书信集等书籍，其中最吸引我的当数日记。日记，是最接近事物本来面目的第一手材料，琐碎、生动、新鲜。品读此书，如亲见历史，可以触摸到它真实可感的温度。

此书名为《教师日记》，“教师”二字旨在强调作者的职业或身份，日记中所记之人所论之事并不局限于学校之内课堂之上，而是拓展牵涉到广阔无边的人与事，以及硝烟弥漫国破家亡的时代背景。我亦忝在教师之列，在好奇心的推动下，我一个字一个字，一行行一行行地仔细爬梳、揣摩《教师日记》。说句不自量力的话吧，这本书至少是可以使我生出“见贤思齐”之动力的。

在1938年12月9日的日记中，丰子恺慷慨激昂地抒发着自己的信念：“今日吾民族正当生死存亡关头，多些麻烦，诚不算苦。吾等要自励不屈不挠之精神，以为国民表式。此亦一种教育，此亦一种抗战。”在丰子恺眼中，教育即抗战，而且是最为特殊最为持久的抗战，对于抗战的全面胜利，教育起着不可忽视的推动和促进作用。肩负如此重任的教师，定然也是个勇敢的战士。

同在1938年的早些时候，先生即写过“凡武力侵略，必不能持久。日本迟早必败”，真是掷地有声，振奋人心。写下这一行字时，正值抗战最艰苦的阶段，这是见识与信念兼具的可贵言论。从日记文字中可见先生的痛心与怒气，亦可见先生的牢骚与担忧，但绝对见不到哪怕一点点的颓唐与消沉。即使面对一个陌生小女孩的新坟，先生亦可树起“不久当有凯歌迎尔归葬于西湖之旁也”之信念。这个战士以思想为武器，在教育的战线上，执笔胜过刀枪，在学生们的心灵里种下一颗颗可以长成参天大树的种子，以抵挡乱世的狂风暴雨。

我很珍视1939年1月19日这一天的日记，这一天里，丰子恺慷慨激昂地写道：“我等侧身文化教育界者，正宜及时努力,驱除过去一切弊端,必使一切事业本乎天理,合乎人情。凡本天理,未有不合人情者;凡合人情,亦未有不成功者。”作为一个不上前线的战士,丰子恺没有子弹,只有一颗努力实现“本乎天理,合乎人情”之理想境界的心。这一颗火热的心,在边陲之地悄悄地燃烧着。幸而有《教师日记》流传后世,否则这一道鲜明的印记,这一道亮丽的风景就要被埋没。在先生眼里,“本乎天理,合乎人情”乃凡事成功之关键。这关键之道,看似宏伟,看似壮观,实则在具体的教学过程中,却显得格外烦琐、细碎,甚至在许多人眼中,可能不值一提。但是,它们却是我在这本书里竭力寻找的光芒——可以划破时代暗夜的光芒。

回忆起初来乍到时,先生写道:“我被邀初到桂林时,会见校长,即承告‘以艺术兴学’‘以礼乐治校’之旨。此旨实比抗战建国更为高远。我甚钦佩,同时又甚胆怯——怕自己不胜教师之任。”“胆怯”二字恰恰体现了丰子恺如履薄冰诚惶诚恐的真实心态,担心之余,还有憧憬,勉力为之可也。于是,作为读者的我才见到那个美术教员兼语文教员,那个已过不惑之年的丰子恺。

1938 年 11 月 1 日,丰子恺自言自语道:“因为我未谙他们的性格,尚不能决定教学的方针。”这是懂得教育又忧心忡忡的老师。11 月 8 日,丰子恺要求学生写作时,“标点不准乱用,字不许潦草。潦草者不给改”。这是对学生的要求严格到近乎苛刻的老师。11 月 26 日,“不求学生能作直接有用之画,但求涵养其爱美之心。能用作画一般的心来处理生活,对付人世,则生活美化,人世和平。此为艺术的最大效用”。这是对教育之美好未来有巨大期盼的老师。12 月 1 日,“昨天,昨天下午,你们那组人正在对着所画的无头婴儿哄堂大笑的时候,七十里外的桂林城中,正在实演这种惨剧,也许比我所画的更惨”。这是“哀其不幸,怒其不争”的老师。

这些貌似朴实简单的话语,无不“本乎天理”,无不“合乎人情”,都在彰显着一个艺术家令人崇敬的教育思想。在战乱的时代,丰子恺不因学生基础的薄弱而降低对学生的要求,亦不因校舍的简陋与环境的恶劣而有丝毫的随意应付,如此作为怎能不让如今的教育者汗颜?将心比心之后,我们能从这本书里得到的思考与启发实在太多。

身为教育者,身为阅读者,身为一个且呼吸且行走的普通人,多年以后,我仍会记着丰子恺那颗可贵的反省向学之心。1938 年 12 月 2 日,当他以“桂林城里受难,你们乡下就很好”的言语来安慰目不识丁的邻人时,邻人摇摇头回答："要大家好才好！"这看似平常的一句话令他肃然起敬。丰子恺写道："我目送他。此是仁者之言，我用尊敬的眼光送他回家。"这于日常琐事中切实而郑重地向下看的艺术家，世间能有几个？不仅如此，在寻常的买卖中，先生亦会发现商人的"用心诚善"。

由此可见，先生在抗战岁月里，不仅高举着理想的旗帜与必胜的信念，更睁开一双艺术的眼睛，发现并记录着普通百姓身上德行的美。这是一种志存高远的低头，埋首于平凡的人群里，亦可以提升自己的艺术境界。

在丰子恺先生拥有辉煌成就的一生里，这八个月的教书生涯并不惊天动地，并不精彩纷呈，甚至显得平凡普通。然而，我却觉得这段经历着实珍贵。真正的艺术家投身教育，总是毅然决然，高擎理想主义的旗帜，从不计较个人得失。

战争的出现固然是国家与百姓的大不幸，然而此不幸中亦有幸运。幸运之处在于大师们因环境的艰难、谋生的不易等诸多因素的存在，要么身不由己，要么心甘情愿地身居中学教职。大师们进入中学，不仅是所在学校学生之福，亦为国家民族之福。他们影响着一代代年轻人，帮助年轻人走向觉醒，走向抗争，走向追求理想的道路。我犹记得白马湖畔的春晖中学，亦记得浙江省立第一师范学校，大师们在课堂上的言传身教，早已深深地烙在中国教育史上。大师们在中学里辛勤耕耘，最让我感动的并非其高深的学问或深刻的思想，而是他们对学生的高度责任心以及倾注于每一个学生身上的深情厚谊。

如果教育办不好，国家就不会有美好可期之未来。战争越是疯狂，教育越是需要坚持，越是需要这些投身教育事业的知识分子兢兢业业地奉献。在这个功利化的社会里，阅读《教师日记》是一种别样的返璞归真，其中既有关于教育的真知灼见，更有在艰难困境中迎难而上的卓绝勇毅，以及心忧天下的大师风范。

走笔至此，我想起了范仲淹悼念严子陵的动人赞许："云山苍苍，江水泱泱。先生之风，山高水长。"这发自肺腑的赞许用在丰子恺先生身上，应当也是可以的吧！

王佐良的文采

王佐良或叙述，或描写，或阐释，或评论，不拗口，不艰涩，不剑走偏锋，不云山雾罩，于深入浅出中兼具情理，仿佛在絮叨家常。

在《英国浪漫主义诗歌史》序言的末尾，王佐良在遗憾鲁迅与闻一多未竟于文学史研究的同时，又认为他们俩其实树立了“用优美的文笔来写文学史的先例”。优美的文笔就是王佐良眼中的“文采”。“文采”为何？这是许多写作者都遇到过、考虑过的问题。仔细品读我们年少时就知晓的文学巨匠的作品，每个人均在“文采”这个话题上留下饱含个性的评述。正因为有无穷无尽的可能，“文采”才显示其博大精深，文苑才凸显其精彩纷呈。换言之，他们的作品为普通读者牢记于心的常常是他们优美的文笔。

真正的文采并非刻意舞文弄墨，而是“文字后面有新鲜的见解和丰富的想象力,放出的实是思想的光彩”。可见在王佐良看来,真正的文采最应被看重的是思想,其次是见解与想象力,文字的筹措与选择仅仅是铺垫而已。王佐良的《英国浪漫主义诗歌史》以时间为线索,收录了彭斯、布莱克、华兹华斯、柯尔律治、拜伦、雪莱、济慈、司各特等人的小传与作品。履历与作品相对应,知人论世与作品解读互为依傍与衬托,思想的光芒在两者的互相交替中闪烁。

农民诗人彭斯在《致拉布雷克书》中这么呼唤着:“我只求大自然给我一星火种,我所求的学问便全在此中!纵使我驾着大车和木犁,浑身是汗水和泥土,纵使我的诗神穿得朴素,她可打进了心灵深处!”在我看来,整首诗的节奏朗朗上口,如民谚般通俗,从头至尾酣畅淋漓的表述皆源于无处不在的土地和大自然,令人读后眼前浮现出清新的乡村风光。土地与自然赐予的力量不以强大取胜,而是以持续绵长的力量给写作者带去恒久的创造力。谈到苏格兰民歌给予彭斯的影响时,王佐良认为苏格兰民歌绝不仅仅只是某种形式,更是一整个独立的诗歌世界:“其根基是深厚的苏格兰人民传统,古老而纯朴,没有书本气,特别是没有英格兰文学的书本气。”读过王佐良的评介,我深感他与作者之间已然心有灵犀。评论家品读诗人的作品，有知音一般的赞许，诗人倘若泉下有知该会多么欢欣？王佐良或叙述，或描写，或阐释，或评论，不拗口，不艰涩，不剑走偏锋，不云山雾罩，于深入浅出中兼具情理，仿佛在絮叨家常。

对于华兹华斯的才思枯竭，王佐良说："随着光阴的流逝，他越来越把自己包藏起来，只寄希望于'时间之点'能给他灵感，然而儿时所见的彩虹如何能长远地照耀他的诗笔？那十年的收获是因为法国革命给了他真实的激动，而激动是从生活里来的，所以有印象可写，有感受可谈，而一旦对这一切只有憎厌，那么生活的贫乏必然最终要导致创作的贫乏。"这种一家之言的评介并非固守学术一隅的理论架构，而是以一纸朴素、平实之言拉近读者与作品之间的距离，英国文学的门外汉心生对华兹华斯的亲切感也就成了可能。这是心中装有读者的叙述与阐释，并不是为自己占据学术上的尊崇。在我看来，王佐良正如他眼中创作《唐璜》时的拜伦，他说："他把读者当作一个秉烛夜谈的朋友，要使他听得有趣，而且一直听下去。"

在追记诗人的人生历程时，作者在紧密结合诗歌创作时代背景的基础上，挖掘出他们隐秘又复杂的内心世界。读者可以跳过诗歌，只读诗人的履历。跳过诗人的履历，只读王佐良的评论，也未尝不可。王佐良的某些文字其实可以独立成篇，给随意翻翻的读者带来真知灼见。

在第八章《拜伦》中，关于讽刺文学，作者写道："只有真正的高手——阿里斯托芬、莫里哀、斯威夫特、果戈理、萧伯纳、鲁迅——才能用他们的洞见与艺术超越时与地的限制而长远打动世界上的读者。"第九章《雪莱》里，作者对雪莱的抒情诗做如此评价："抒情性是雪莱诗歌的最大特色……雪莱的抒情不是吟风弄月，而是掺和着人世的苦难感和对未来的理想，不是轻飘飘的，而是有着思想的重量的。"王佐良对济慈的文学见解极为推崇，他在第十章《济慈》中说："它们不抄书，不引权威之言，没有一点儿书斋气，倒是充满了一个青年诗人的创作甘苦，充满了透彻的观察，新鲜的比喻，大胆的主张，掺和着对风景的感兴，有时滔滔不绝，有时闪电似的一语破的——'他之生即是我之死'——有点像中国古典诗话。"这些精妙独到的见解，在书中随处可见。王佐良自有一种组合文字的魔力，让几十个字甚至百来字编织成一道可供赏鉴的美丽风景。

王佐良在序言中写道："为了写好文学史，应该提倡一种清新、朴素，闪耀着才智，但又能透彻地说清事情和辩明道理的文字。"把自家观点置于序言里，可知他对鲁迅、闻一多等前辈未竟之业的有心继承,可见他在多年研究之中不遗余力地身体力行。我以为,这种风格于文学史的写作之外也值得大力提倡,想必这也是王佐良所认同的。只是他囿于内容与篇幅的限制,不便延伸出去罢了。他所提倡的这种文章读多了不仅不腻,反而会让人心中越发敞亮、明快。正如我读这本厚厚的《英国浪漫主义诗歌史》一样,不少段落在我反复品鉴之后依然意犹未尽。

穆旦的现代诗

我想起大街上疯狂的跑着的人们，
那些个残酷的，为死亡恫吓的人们，
像是蜂拥的昆虫，向我们的洞里挤。

——穆旦《防空洞里的抒情诗》

《防空洞里的抒情诗》写于1939年4月，彼时的穆旦开始系统接触西方现代派诗歌与文论，创作开始走向成熟。在昆明的西南联大就读的他，与当时流落到春城的许多人一样，因为日军的频频轰炸，跑防空洞是常有的事。从这一年开始，日军开始了对昆明的狂轰滥炸，昆明常常处于一片火海之中，伤亡人数难以统计。而这一首诗，把普通百姓在战争面前的弱小与无奈，描摹得委婉而生动，触目且惊心。

人们因为被死亡所恫吓，“疯狂”地跑着。又像是“蜂拥的昆虫”，向已经挤挤挨挨的防空洞里拼命“挤”，以求得一线生机。这首“抒情诗”,抒发的是穆旦的悲悯之情。并未亲临前线的诗人,用自己的诗歌,把自己与普罗大众、国家命运紧紧牵系在一起。

穆旦的大学之路,与别人之最大不同在于他的徒步远行。就读于清华大学外文系的穆旦随着学校南迁到湖南长沙,成为长沙临时大学的一员。然而,随着日寇炮火的逼近,长沙变成只可临时逗留之地。迁移再次成为迫在眉睫之举。穆旦加入由二百余名师生组成的湘黔滇旅行团。山路崎岖,天气无常,土匪骚扰,从长沙到昆明,从2月20日晨至4月28日下午,总共行走六十八天,大约行走了一千三百公里。我们很难再现穆旦出征前的神情,但是在他写于1939年、发表于1940年《大公报》上的《出发》中,充满了壮志豪情与青春朝气。从这首诗中,我们多少可以窥探出他内心的些许端倪:“我们有不同的梦,浓雾似的覆在沅江上,而每日每夜,沅江是一条明亮的道路,不尽的滔滔的感情,伸在土地里扎根!哟,痛苦的黎明!让我们起来,让我们走过浓密的桐树,马尾松,丰富的丘陵地带,欢呼着又沉默着,奔跑在江水的两旁。”哪有战争带来的阴霾与悲戚?有的只是山的壮丽、江的欢腾。穆旦并不是所谓的革命诗人,却自有一股乐观主义情怀漫溢在字里行间。再来看他的《原野上走路》吧,诗的末段这样写着:“这不可测知的希望是多么固执而悠久,中国的道路又是多么自由和辽远呵……”

《出发》与《原野上走路》的副标题分别为“三千里步行之一”“三千里步行之二”,写的都是穆旦由湘至滇沿途所见所闻、所思所想。这个年轻的诗人,并不以长途步行为苦。纵观穆旦一生,其实他专心创作与翻译的时间并不算长,要么因外敌入侵而奔波流离,要么因内乱而斯文扫地。他总是遇不上较长时间的平顺日子。不幸的日子总会激荡着诗人的心灵,让他迸发出更大的创作能量。

1942 年 2 月,二十四岁的穆旦投笔从戎,响应国民政府“青年知识分子入伍”的号召,加入杜聿明任军长的远征军第五军,以中校翻译官的身份随军进入缅甸抗日战场。5 月至 9 月,他亲历滇缅大撤退,经历了野人山战役,带病于险象环生、遮天蔽日的热带雨林中穿山越岭,幸运地逃出野人山。这是诗人与战争最接近的日子。对于内心炽热的青年诗人来说,跨越苦难是需要非同寻常之意志的。而近距离目睹死亡时的种种心境,更是需要宽阔的襟怀来容纳的。这段经历不可避免地为诗人的创作增加了厚度与高度。

在写于 1944 年 9 月的《活下去》中,穆旦这样表达自己的心声:“希望,幻灭,希望,再活下去在无尽的波涛的淹没中，谁知道时间的沉重的呻吟就要坠落在于诅咒里成形的日光闪耀的岸沿上；孩子们呀，请看黑夜中的我们正怎样孕育难产的圣洁的感情。”在黎明即将到来的深夜里，诗人给歧路彷徨的人们带来了多么宝贵的力量。1945 年 7 月，诗人仿佛已经预见到了战争的胜利即将到来。他信心满满地写下《打出去》：“那丑恶的全已疼过在我们心里，那美丽的也重在我们的眼里燃烧，现在，一个清晰的理想呼求出生，最大的阻碍：要把你们击倒。”读到它，我仿佛见到一个在战火中满目疮痍却又孕育了重生希望的中国，它一直装在诗人的心中，待到合适的时机，它会展开翅膀腾飞、腾飞。

1934 年，十六岁的青年查良铮将“查”姓上下拆分，又因“木”与“穆”谐音，因此得“穆旦”之名。1977 年农历春节期间，穆旦于凌晨时分突发心脏病逝世，享年五十九岁。此时已经迎来相对明媚的时光了，穆旦怎么就匆忙倒下了呢？我多少次伤感于此。每次看到他的名字，我总忍不住叹息，如果他多活一二十年，那将会给这个世间留下多少更好更美的诗歌？

“一个人到世界上来总要留下足迹”，据说这是穆旦经常说的话。这个自 20 世纪 40 年代起就写下许多著名诗篇的诗人，其诗作的影响力是毋庸赘言的。而他从 20

世纪50年代开始投身的翻译事业,也在他余下的二十多年光阴中结出了丰硕的果实。普希金、雪莱、拜伦、布莱克、济慈等西方大诗人的作品,被他一一介绍给中国读者。当我们读到这些译作时,千万别忘了诗人自从1958年起就被指为“历史反革命”,在十多年的时间里受到管制、批判、劳改,可谓受尽了种种非人的折磨。可是,他自始至终没有放下的翻译的笔。

遥想当年,我忍不住热泪盈眶。穆旦从长沙徒步走到昆明,穆旦投笔从戎无畏无惧,都浮现在诗歌的字里行间,这些都告诉我们中国现代诗坛曾经有过一个不屈的灵魂。

孙犁的别样传记

先生的书架上方挂着一张条幅，内有四个字：人淡如菊。先生端坐于书架前的藤椅上，直视前方，目光清澈、坚定。

读《逝不去的彩云：我与父亲孙犁》，像是在驿路上采撷美丽的花朵，细细地揉搓，揉成一枚巨大的人格勋章，别在胸前，铭于心中！在这个炎炎夏日里，此书叩开了我的心扉，拂去了焦躁与不安，让我心中时时刻刻洋溢着浓浓的温情。

犹记得上学时读过的文段："月亮升起来，院子里凉爽得很，干净得很，白天破好的苇眉子潮润润的，正好编席。女人坐在小院当中，手指上缠绞着柔滑修长的苇眉子。苇眉子又薄又细，在她怀里跳跃着。"这是孙犁的代表作《荷花淀》的首段。多少年过去了，它留给我对于美的无限遐想，至今仍未停歇。

谁能想到如此优美的意境背后，是残酷而惨烈的战争？

从此，我记住了孙犁。

在我的阅读历程里，偶尔地，会有孙犁的文字出现，是零星的点缀，不是大规模的存在。依稀记得有《故事和书》《布衣：我的父亲孙犁》《芸斋书简续编》，还有新近读过的姜德明编著的《孙犁书札：致姜德明》。孙犁先生不是登高一呼的旗手，而像一个老朋友，跟我讲述着生活、写作中的人和事，平和、淡泊、宁静，如老友面谈，如清泉入心。

《逝不去的彩云：我与父亲孙犁》是一本回忆录，身为女儿的作者回忆与父亲有过交集的点点滴滴，时而是当事人，时而是旁观者。这样的写作，既有近水楼台的便利，又有深受润泽的感触。这样的文字无疑是有可信度的。翻阅它，仿佛在摩挲着旧时光，悲欣交集。

邻居中有些口齿不清的胖大爷向父亲要钱，“父亲二话不说，马上转身进屋”，从盐罐儿里掏出五块钱给了胖大爷，“脸上表情很是诚恳地带着笑容”。胖大爷常被街坊邻里取笑，连老伴也常常呵斥他。“可是父亲对他是多么友好，多么尊重。”这个举动，这个笑容，给就在近旁的女儿孙晓玲上了人生至关重要的一课。这一课的主题只有两个字：善良。作者继续动情地阐述道："令我感动的不仅是父亲毫不犹豫的迅捷，不仅是悲天悯人的善良情怀，那份他独有的从容与大度，更因为此后他从未对任何人提起过此事。"由此可见，这份善良是与生俱来的，这份善良是无须宣扬的，这份善良构成了孙犁人格与文格的底色。

孙犁在 1993 年 2 月 9 日致姜德明的信中，心中无限柔软地提到热爱藏书的杨栋，他写道："彼亦收我的作品，尚缺一本《芸斋小说》。我这里已无此书，不知您能在出版社找到一册否？如找到，即请直接寄他，他将意外地高兴。"这样默默地帮助后辈，在孙犁致友人的信笺中常常可见。能遇到这样宽厚待人的长者，岂非后学者之福？杨栋的藏书之地，"梨花楼"三个字即为孙犁的手迹。"我父亲特别喜爱有才华的文学青年，尤其是少年贫寒喜爱读书自学成才的青年作家"，且不说许多名气不大的作家，单说莫言、铁凝、贾平凹、从维熙等人，就可见孙犁对青年作者不遗余力地提携与帮助了。伟大的作家之所以伟大，不仅是因为写出了伟大的作品，更是因为他是个伟大的人，他乐于在文学的百花园里看到百家争鸣、百花齐放。

善良之人，尽管已经逝去，仍能在人们心中投射许多的美好。由崇高的品质和伟岸的人格带来的美好,不因生死阻隔而掉色,它永远不会过时。像臧克家那句著名的诗:“有的人死了,他还活着。”诗人是为了纪念鲁迅而写的,这样的诗句放在终生以鲁迅为楷模的孙犁身上,同样适宜。

鲁迅有句诗为“俯首甘为孺子牛”,孙犁的书斋名为“耕堂”,这不也是一种传承?如老牛一般默默耕耘着,给广大读者奉献了许多精美的作品。亦如巴金所说的,一个作家不是到处去凑热闹,而是靠自己的作品去联系读者。“文学是寂寞之道”,是孙犁的一贯主张。与鲁迅、巴金两位先生一样,孙犁亦是一个甘于淡泊之人。1993年,他对别人说过:“我女婿是搞照相的,想给我照些片子,我都不让他照,别人就更不行了。”先生不接受采访,不接受摄影、录像,不谈小说改编。

先生的淡泊像学湖里寓所的写字台,看似简单、陈旧,却泛起因时光的沉淀而独有的光泽。写字台前有一把藤椅,毫无修饰,在原地守候着,等待着主人的归来,诉说着如烟往事——这是《布衣:我的父亲孙犁》里的一张照片。在另一张照片里,先生的书架上方挂着一张条幅,内有四个字:人淡如菊。先生端坐于书架前的藤椅上,直视前方,目光清澈、坚定。

在孙犁眼中,文学不是名利场的敲门砖,不是到处炫耀的资本,而是行走人生的护身符。有此护身符,就可以为读者“构筑一座守望真善美、抨击假丑恶的绿色家园”。从 1977 年起直至生命结束的不到三十年的光阴里,先生重新拿起手中的笔,“激浊扬清,以警后世,日以继夜,笔耕不辍,倾注全部心血,连著十书”,是为《耕堂劫后十种》。

“劫后”二字,触目惊心,让我回想起那段动乱岁月,它摧残了多少年轻的生命,它烧毁了多少宝贵的文化瑰宝,它耽误了多少个美丽的青春!这两个沉重的字眼,既有历经不堪之后的淡定,亦有时不我待的紧迫,更有对文学终生不倦的拳拳热心。孙犁没有沉浸在过往带来的悲伤里,而是毅然抽身离开,重新焕发出文学的生命力,给后世读者留下了宝贵的文学财富。

因为善良,因为淡泊,因为这份对文学的热爱,从而成就了读者眼中的孙犁,亦成就了女儿眼中的父亲孙犁。那个瘦削的伏案疾书的背影,父亲的这一形象在孙晓玲心中永远不会磨灭。因为绵绵不绝的思念,孙犁先生离开得越久,在女儿心中的形象越发鲜明。思念,像一根有弹性的绳子,不管时间过去多久,它都能紧紧拉住逝去的人与生者,使其紧密相连。十一年过去了,却如在昨日。

“父亲为旧书做套的手艺称得上专利，一般人再巧也很难做得那么合适那么精致”，父亲对书的珍爱，像烙印一般镌刻在作者的脑海里。潜移默化中，作者也成了一个热爱书籍、热爱写作的人。

鲁迅先生在遗嘱里对周海婴说过：“孩子长大，倘无才能，可寻点小事情过活。万不可去做空头文学家或美术家。”庶几近之，通晓历史、深谙过去的孙犁是从来不会主动鼓励子女从事写作的。时至今日，孙晓玲在写作上已经取得了不小的成就。这大概是先生未曾料想得到的。在一个平和的时代，文学可以不高亢、不激昂、不奋进，可以不性命攸关，可以不显而易见地成为政治的附庸。最起码，文学可以包容着倾诉内心的情感，可以蕴含着对至亲的不竭思念。以此为契机，它还可以开出许多美丽的花来。这些美丽的花，吸引了许多志同道合的读者来默默阅读。毕竟，时代不同了。

孙晓玲深情地写道：“在写作上，他如同一棵硕果累累的大树，我如同仰望树冠的一棵小草，一枝一叶都令我叹为观止，难以忘怀。”朴素的一句话，却实在地道出了孙犁寄寓于平凡中的伟大。在他润物无声的影响下，孙晓玲也渐渐地走上了写作的道路，用手中的笔描绘这个世界的人和事。小草栖身于大树底下，既有绿荫可以乘凉，躲避乱世里的风风雨雨；亦可以不时地享用树上掉下的累累硕果，体味生活的酸楚与甘甜。在雨横风狂的岁月里，这棵大树不仅未曾倒下，连丝毫的弯腰与媚骨都没有。它屹然挺立，立成一个大写的“人”。这样的影响，对子女来说，终生受用。

孙晓玲在书中记载的一件小事令我印象深刻。在举行《布衣：我的父亲孙犁》一书的首发式那天下午，从维熙先生离开会场时，“我正忙于跟其他人说话，等三联书店罗少强编辑告诉我时，他已下楼了，我和爱人、女儿急追出去，他已走到了饭店门口。结果只有罗编辑送他，我们没有送他出去很觉遗憾与歉意”。但凡最打动人的，往往不是惊天动地的大事，而是可以随意疏漏的细节。这是多么小的一件事，小到许多人在生活中根本不会在意。然而，在孙晓玲心中，却留下许久不忘的歉疚。从维熙是孙犁提携照顾过的文坛后辈，他对孙犁一往情深，连写多篇充满深情的回忆文章；反过来，从维熙也给予过孙晓玲写作上的指点，作者对从维熙亦执弟子礼，对他的指导感激不尽。

想念孙犁，固然要看他的作品，然又绝不仅限于此。更重要的是，要不忘孙犁的为人——时时待人宽厚，处处与人为善，正如孙晓玲所写的“父亲就是这么客气。别人帮助了他,他就记在心里”。

读过这本书,我记住了一个令人倍感温暖的孙犁先生。作为一个读者,我亦可以在孙犁的庇护下奋然前行。

金克木的“狂傲”

读金克木老先生的文章，吾辈读者常有醍醐灌顶之感，可以真切感受到老先生是一个学贯中西、见解深刻的大师。

金克木曾出过一本口气很大的书，叫《书读完了》。因为这本书，“书是否可以读完”成了许多爱书人热议的话题。身处出版业高度发达的现代社会，新书的出版数量逐年递增，经典的书籍更是常常再版重印。要么有了新的注释本，要么出现了新的译者、新的译文，要么内容不变只是换了新的装帧、新的插图而已。显而易见，人生有限，书海无涯，书到今生读已迟。

但是，读过《书读完了》的读者，想必也不会觉得金克木属于大言不惭之人。于此，“书读完了”可以理解为“书读通了”。怎样读通呢？就是读经典，后世的许多书是在经典的基础上衍生延展出来的。这些书就像树上的枝丫,经典就是树的主干,主干支撑起了人类的文明史,它们堪称人类社会集体智慧与思想的结晶。读过了经典,领略了精神的盛宴,读不读后来铺天盖地而来的新书,倒真不是那么重要了。《书读完了》中的高见比比皆是,我只取一二。金克木说:“其实小说书是假中有真,历史书是真中有假……堂吉诃德、阿Q是假的,但这样的人是真的。”因为人性的阴暗面作祟,历史中的恣意篡改与任意涂鸦,不管东方还是西方,自古皆然。小说家笔下对人物形象的塑造,却往往揭开了历史最真实的一面。多少人年少时初读《红楼梦》,以为是玩过家家,一群女孩子围绕着一个男孩子转,脂粉气浓烈。长大后,再读《红楼梦》,反倒读出了历史与人性的真实。金克木还说:“明代的裹小脚是使妇女成为不容易自由行动的俑。八股文是使读书做官人成为头脑不容易自由思想的俑。”妇女的裹脚,造成了生理上的畸形与心理问题,常使妇女身心痛苦。读书人参加科举考试,撰写八股文,一路艰辛走来,最后名利双收。许多做了官的读书人高高在上,甚而作威作福,一脸得意样,我还真没觉得他们比裹脚的妇女来得清醒。已然堕落而不自知,不是更可笑吗?这无形的俑比有形的俑,来得更可怕。

读金克木老先生的文章,吾辈读者常有醍醐灌顶之感,可以真切感受到老先生是一个学贯中西、见解深刻的大师。我想,他能够成为大师,与他年少时阅读经典是分不开的。这些经典就该是年少时读的,它们能为精神之树的茁壮成长贡献有益的养分。倘若错过了最佳的成长期,长大以后再来恶补经典之课,作用多半是不大的。

如此说来,金克木先生的"狂傲"实是有几分可爱的。

张充和的民国往事

欣喜，就像灵动的音符，从作者的心里流淌出来，在字里行间跳跃闪烁，无处不在。这情绪四处播撒，像是秋阳里的湖光点点，容易让人沉醉。

叶圣陶曾经说过，谁要是娶了苏州九如巷张家四姐妹中的一个，都会幸福一辈子的。张充和就是四姐妹中的四妹，亦是最有文化韵味，最具传奇色彩的一位。与张充和有关的书，广西师范大学出版社接连出版了好几本，我是见一本买一本，读一本爱一本，将其并肩竖排于架上，用手指轻抚过去，有触摸时光之感。

这是一个从民国走来的女子，她嘴里唱的是温软的昆曲，她手下写的是绝妙的书法，她身上带着的尽是民国年间的仆仆风尘，她讲述民国往事时的一派天真无邪，有着“少小离家老大回”的久违欣喜。

苏炜所著《天涯晚笛——听张充和讲故事》封面上是

一位妙龄女郎，身着旗袍，一派民国范；皮肤白皙，站在花丛里，带着若有若无的笑意。书名“天涯晚笛”四个字是张充和的亲笔，柔和婉约，自成一家。隐约中，似有笛声悠扬地传来，穿过历史的风烟，杳杳渺渺，把少女无情又有意地装扮成一个白发苍苍的老人。在文化的润泽中，老人带着一身贵气，在书法与昆曲的精神空间里潜心修行，举止谈吐，超凡脱俗，被誉为“最后的闺秀”。

我见过苏炜与张充和先生的合影，镜头里，一老一少，有鲜明的区别。老人低着头，未直视镜头，也许是佝偻着的腰导致的，也许是为人低调内敛，不喜抛头露面之故。然而，纵然岁月无情地雕琢，我依然可以依稀见到老人年轻时清秀高洁的模样。苏炜面对镜头，笑意盈盈，内心的欣喜一览无余。不知是巧合还是刻意的安排，照片的右下角是一盆水仙，充满生机地活着。

欣喜，就像灵动的音符，从作者的心里流淌出来，在字里行间跳跃闪烁，无处不在。这情绪四处播撒，像是秋阳里的湖光点点，容易让人沉醉。苏炜先生处处流露出满足感，像是享用一桌吃不完的文化筵席，可让人反复品味，终生咀嚼。

苏炜写道：“这样一位本应在书卷里、画轴里着墨留痕的人物，如今年过九旬却依旧耳聪目明、端庄隽秀，时时还可以和你在明窗下、书案边低低絮语、吟吟谈笑，这，可不就是人生最大的奇缘与福报吗？”苏炜先生仿佛说出了我的心里话，让我顿生知音之感。

我也不能例外地陶醉在张充和娓娓道来的故事里了，我仿佛抓住了历史来不及拽走的一条尾巴，在月光下，飞驰在旧日的时空隧道里，往事历历再现，整个人都深深沉醉了。作为一个后来人，我能够与老人在同一片天地间呼吸，同望一轮明月，不也是一种缘分吗？

一本好书，就是由一些好看可感的故事循着时光的线索组合在一起，闪耀着让人不能熟视无睹的光芒。这样的组合看似出自造化的神秘安排，其实不然，相反地，它来自书中淌过的一个个人物对生活款款的深情。

我首先想起的是一个为爱而哭的小女孩，她叫陈蕴珍，她是巴金的忠实读者。按照张充和的说法，陈蕴珍当时正追求着巴金，想请他来学校做演讲。但是，巴金是个腼腆的人，不善表达，没有答应。“蕴珍她们把布告都贴出去了，演讲却办不成，蕴珍气得，就找我来哭呀！”面对这样的小读者，腼腆的大作家赶紧道歉，最后只好请出李健吾代为演讲，如此方才解了燃眉之急。这样一来，小读者与大作家之间的爱情便开始有了眉目。

日后，这名女子有了另一个为读者所熟悉的名字——

萧珊。已近百岁高龄的张充和老人讲起这段如在昨天的往事时，分明像是十八岁女郎，沉浸在过去的时光里，分享着好朋友于爱情中品尝到的喜怒哀乐。萧珊年轻时的模样也跃然纸上：一个耍赖、调皮、活泼的女子，又是一个对爱情义无反顾的女子。难怪巴金在《怀念萧珊》里如此深情地回忆他挚爱的妻子，回忆初遇的情形："她读了我的小说，给我写信，后来见到了我，对我发生了感情。"读过这个爱情故事，我似乎为巴金与萧珊之间守望相助、相濡以沫的情感找到了一个合理的注脚。

张充和向苏炜慨叹道："老朋友都走光啦，也不等等我，只有老巴金，还在海那边陪着我。"后来，"老巴金"也走了，老人的心里满是苍茫与失落之感。巴金与萧珊都是以真性情面世之人，没有丝毫的矫揉造作，想哭就哭，能让则让，不一味举大旗、出风头。他们对人如此，对自然中的妙物又何尝不是如此？

就在鸣沙山下的月牙泉边，一个身着长衫、蓄着胡须的老人正俯身给一只受伤的大雁喂食，眼里满是关切之情。这个老人就是张大千，彼时他正在敦煌面壁习画。

日子一天天过去，大雁和张大千成了好朋友。

日子一天天过去，张大千离开敦煌的日子临近了。

张大千生怕大雁朋友伤心，于是，不等天晚，便率领众人登车离去。谁承想,“车子刚驶过月牙湖,天上便传来一阵大雁的哀鸣”,张大千“刚刚跳下车,那只大雁便嘶鸣着从高空俯冲下来,直直扑向他的怀里”。这段文字出自《雁犹如此》一文,是啊,雁犹如此,人何以堪啊!读之,我不禁悲从中来,泫然欲泣。这个故事,无关乎敦煌非凡的艺术瑰宝,无关乎张大千非凡的艺术成就,它只是个平凡的故事,像一株不知名的小草,不宏大不强壮,却能在以后的日子里,常常惹人情思,让人心中生发出无限的感慨与莫名的惆怅。

这本书因为有了这些貌似不起眼实则让人回味不尽的故事,才让我不忍读完,拿起后放下,放下后又拿起,走走停停,停停走走,像是舍不得心爱的人无情地离去。读一本心仪的书,像是恋一个人,见一天即少一天,人生苦短,书籍页码有限,读一页就少一页,欣喜之余愁绪涌起。

终于还是读到了最后一页。

一部别开生面的民国史展现于眼前,这里有动人的爱恋,有荡气回肠的情愫,更有让人剪不断理还乱的故国情思。张充和的讲述,就是一份浓浓的乡愁。于她而言,如今的故国在海的那一边,当是回得去的。然而,过去的故国却只能存在于回忆里,甚至是午夜梦回之时的蓦地一惊了。

我尤其在意张充和口中写字的故事,不仅仅因为她是个书法家,更因为她在对汉字书写的诉说中倾注着对故国的思念。回忆起多个师友辈的人物,不知是有意还是无意识地,先生总是忘不了他们的字。讲起胡适时,她说着:“他爱写字,但其实没写过多少帖。他学郑孝胥的字,被我看出来了,他就嘿嘿笑着默认,他喜欢把撇捺这么长长地一拉,写来蛮有趣的。”言语中活脱脱是那个看出胡适字的玄妙之处的得意女郎,似有调侃,又不失敬意,既有青春少女的灵动活泼,又有胡先生的平易近人,洒脱大度。沈尹默是张充和的恩师,张充和对其饱含深厚的感激之情。其中,既有对重庆岁月的动情回忆,更有对动乱时代斯文扫地的悲怆追念:“沈尹默怕自己的书法文字惹祸,就叮嘱年幼的儿子,让他把家里藏的自己的所有书法纸张全部放在澡盆里,淹糜淹烂了,再让他趁着天黑蹬自行车出门,偷偷把这些烂纸张甩到苏州河里去。”苏州河里流淌的不仅是河水,更是文化老人的心血和泪水啊!

我不愿让愤怒的情绪,影响了阅读的心绪,随着张充和的回忆我进入了更为悠远的文化隧道里。闻一多当年给她刻的图章,岁月流淌,印迹一如当初清晰,是为可喜。可悲的是,又在《古墨缘》里读到如此令人痛心的告白:

“加州天气干，有时候夜里我能听见墨裂的声音，听得直心疼。”从明清走来的古墨，终究抵挡不住时间的侵袭，会慢慢地露出颓废的光景来，这令张充和感到心疼。

由此，我更加明白，张充和的故事既是追忆，想念，更是一种对抗时光流转的努力。和苏炜一样，我亦喜欢听老人讲过去的故事，她眼神中自有一种动人的神采，她矮小的身板淌过历史的大江大河，她言语中有望见山花烂漫时的从容自信。遇见张充和这样的文化老人，即使是通过苏炜转呈而来的文字，亦是后生之福。

新凤霞的感恩

她最大限度地还原了一个人的历史，也还原了某段宏伟历史中最真实、最隐秘、最值得回味的一面。

《新凤霞自述》是一本回忆录，是一个评剧艺人对自己一生的回顾。在新凤霞的笔下，生命是一出完满的喜剧，从一开始就注定了美丽的谢幕。新凤霞用深情款款的文字感谢了那些在她人生路上给予过她帮助的好人，这些人好像黑夜里的灯塔，一心善意，温情脉脉。周信芳主动退掉合同，让出剧场，供给剧团表演机会；老舍热心地促成新凤霞与吴祖光的百年好合；婆婆集所有美德于一身，从不在人前说人坏话；姐姐严格教她学戏，帮她练就一身过硬的表演功夫。

然而，对新凤霞来说，生命中最重要的那个人还是母亲。看似平凡的母亲不仅给了新凤霞生命，还是她从艺道路上的保护者。多少次，逢着危急时刻，总是母亲挺身而出，左右逢源，化险为夷，救女儿于千钧一发之际。在舞台的周围，母亲不仅有如炬的目光，更有超乎寻常的勇气与胆识。遇着汉奸要流氓，母亲请了汉奸夫人帮忙，成功地摆脱了汉奸的纠缠。未曾亲历过的人有谁想得到，这么一个“倒打一耙”的计谋出自一个没有文化的底层老太的头脑？读到这里，我不禁拍案叫绝，恍惚中，以为手捧的是一本精彩纷呈、悬念迭出的侦探小说。

母亲不仅守护新凤霞茁壮成长，更教会了她许多人生的道理。社会就是一所大学，在社会底层摸爬滚打过的母亲虽然不识字，未曾上过学，却尝遍了生活的辛酸苦辣，深谙人生五味，拥有大海一般广阔的胸襟。“母亲是孩子的第一个老师”，诚哉此言！母亲教会新凤霞的不是别的，正是宽厚待人。母亲不仅替戏班子的人洗衣做饭，照顾孩子，连别人的脚气都想到了，提前给人准备了热水。这样的细微举动，暖了他人的心，也暖了女儿的心。

宽厚由善良生发而来。善良，永远不会过时！

除了母亲之外，新凤霞生命中最重要的人莫过于吴祖光了。她不但把吴祖光当作自己的丈夫，还把他当作自己的老师。她跟着这个最亲密的老师，学文化，学知识，提高自己的修养，享受生命的快乐。吴祖光是个广交天下朋友之人，他家周围皆是响当当的艺术家。诚然，身处如此浓厚的文化圈子里是环境使然，然而，新凤霞能成长为一个舞台表演与文字著述皆有丰硕成果的艺术家，最主要的是她那颗难能可贵的好学之心。

书里写，“我自吃上唱戏这碗饭后，就听人常讲：‘能交妓子不交戏子，妓子讲点义气，戏子水性杨花。’”可见，戏子在旧社会里是为人所瞧不起的。也许是世俗的蔑视与冷遇，给了新凤霞一份“自知之明”，在目录里，她把自己定位为一个“小演员”。一个把自己看得很低的人，往往能学到很多东西，新凤霞谦卑的心中暗藏着一颗不断攀登艺术高峰的进取心。她向盛家伦学习如何博采众家之长，丰富戏剧表演艺术；向盖叫天学习脚踏实地，对艺术精益求精；学习欧阳予倩的平易近人，虚怀若谷；学习老舍的乐于助人，急人之难。

转益多师，吸收诸多大家的艺术功力，使新凤霞的生命和艺术更加绚烂夺目，更加光彩照人。

之所以能够同时拥有那么多大师级的老师，并非仅靠吴祖光妻子的身份，更是因为新凤霞本人待人以诚，待人以真。吴祖光说：“你看画不是要死学齐白石的一笔一画，而是要学他的方法，他的气魄，他的大家艺术风度。艺术方法是有共性的，你要抓住艺术大家的神，大家的魂。”什么是艺术大家的“神”与“魂”呢？就是“真”与“诚”，平日为人与艺术表演概莫能外。待人真诚之人，像一块磁铁，常能够收获更多的善意、理解和帮助，现实生活中往往如此。就像新凤霞的母亲说的："钱是有数的，能数得过来，情分是数不了数的。"在母亲的言传身教下，新凤霞能够珍惜身边的每一份情。一个感激生命的人，诉诸笔端的每一句话，像空中洒下的丝丝缕缕的阳光，织成一个温暖的网，把每一个读者包裹。

正是新凤霞的文字，让我真正明白了一个浅显又深刻的道理，一个人不管成就高低，都少不了其他人的帮助或成全。每个人的生命中都会有恩人，但是生命的轨迹却不可能完全一致。新凤霞的人生经历中迥异于他人的是先从艺，再习文。她在社会舞台的摸爬滚打中尝尽了人生的苦涩与辛酸，凭借坚强的意志一直走到艺术的巅峰，回转头来，写出的每一个字无不是掷地有声的生命体验。这样的文字像命运交响曲，调子是沉重的，节奏是急促的，情绪是强烈的。虽然有急切读下去的盼望，我却只能读一阵，停一段，喘口气，深呼吸。这些文字不是轻易可以翻过去的，每一页看似朴实无华的陈述，都可以久久回味，像一壶久浸水中的浓茶。饮过之后，辛酸满腹。

在风雨如晦的乱世里，新凤霞从未断绝过对生命的渴望。能有如此顽强的生命力，大概与她出身底层社会有很大关系。她不是温室里的娇花,她是一株野草,见识过社会最黑暗的一面,不管面对如何的批斗与陷害,皆能面不改色,从容应对。夏衍鼓励她:“写得好,很感人,有真情。你有生活,真实地把生活写出来,文章就有魅力,这就是文化。”文化源于生活,生活注定是沉重的,不堪的。最可贵的是,新凤霞把这样的沉重与不堪当作垫脚石,攀登上人生一个又一个高峰!

她很单纯,对生命有与生俱来的执着,像孩童面对心爱的玩具。

她很坚韧,与腥风血雨相视而笑,像一个将军,面对千军万马,我自岿然不动。

读这本书,对于处在生活泥泞中的人来说,未尝不是一种鼓励。一个到了结婚之后才识文断字的人,能够成为中国作家协会的一员,留下许多著作,其背后会有多少难以想象的艰辛呢?不管现在如何,只要热爱生活,深入生活,细心揣摩,勤于动笔,定然会写出属于自己的华彩乐章。她的文字会告诉每一个读者,只要愿意付出,生命的阳光总会在风雨过后,渐次闪现,映照你的脸,光耀你的心。

我喜欢这样的自传性文字,她最大限度地还原了一个人的历史,也还原了某段宏伟历史中最真实、最隐秘、最值得回味的一面。历史,不该只是教科书里正儿八经的分段分层论述,亦不该只是历史学者皓首穷经之后的皇皇巨著,更要有像《新凤霞自述》这样亲身经历后写下的文字。它有更多的细节,更多的肌理,更多深入心灵的揪心与痛楚。所以,它更加生动,更加鲜活,更值得牢记。

第二辑　当代文学扫描

不只有乡愁的余光中

“你便向那片肥沃匍匐/用蒂用根索她的恩液/苦心的悲慈苦苦哺出/不幸呢还是大幸这婴孩/钟整个大陆的爱在一只苦瓜。”

——余光中《白玉苦瓜》

余光中曾有题词“中文永春”，很巧妙地把母语和故乡珠联璧合地融为一体，既有对母语的热爱，也有对故乡的深情。虽只四个字，却蕴含着丰富的内涵。他的题词以自成一家的书法呈现，体现了其深厚的文化底蕴。

第一种解释也是最为大众所接受的，意思是用中文描绘的永春模样，是美丽的永春风光，有山有水，有花有草；是美丽的永春人，在逆境中迎难而上，在幸福中知足常乐。这种解释的背后站着的是一个乡愁满怀的余光中。他身在海峡对岸，心系故土家园。中国台湾是余光中的创作根据地，余光中在此处构建了自己的文学版图。

“永春”倘若不做地名解,则可以解释为,中文在蜿蜒流去的历史长河中将永远绽放出春天般的活力。如此说来,它强调的是中文的生命力。余光中在 1949 年随父母移居中国香港,这之前一年出版了第一部诗集,此时他刚刚年满二十岁。1950 年,他又从中国香港移居中国台湾,就读于台湾大学外文系。余光中作为一个年近九旬的诗人,闯荡文坛将近七十年,他的创作灵感之河依然如当年那般清澈。对于想要了解余光中的人来说,不应该仅仅知道他的《乡愁》,他还有一首名作《白玉苦瓜》。这是有别于《乡愁》的“乡愁”,诗中描绘的是浩瀚广漠又灾难深重的祖国母亲:“你便向那片肥沃匍匐/用蒂用根索她的恩液/苦心的悲慈苦苦哺出/不幸呢还是大幸这婴孩/钟整个大陆的爱在一只苦瓜。”《等你在雨中》的浪漫、《大江东去》的苍凉与悲壮、《戏李白》的幽默与不拘,余光中笔下的方块字幻化出多种多样的神采,引人入胜,让人难忘。虽然余光中自称自己的写作有“四度空间”,他一生从事诗歌、散文、评论、翻译四个方面的创作,但是我依然愿意只称呼他为“诗人”。在我眼中,“作家”与“诗人”虽有身份上的包含与被包含,却是有高低之分的。放眼周遭,作家是不少的，真正的诗人却只有几个。诗人也不仅仅是写诗之人的简称，而是在自己的笔下一贯流露出赤诚之心的人，余光中就是这样的诗人。从这个角度来讲，诗人是高贵的，也注定是稀少的。他们及其创作的诗歌，是帮助读者大众从凡俗慢慢走向高贵的引路人。

真正的诗人是不为有限的地域所阻隔的，余光中绝不仅仅是永春的，也不仅仅是中国台湾的，他是属于整个中文世界的。因而，余光中的笔下不仅仅是乡愁，只有乡愁的诗人，也许可以被家乡人记住，却无法被历史铭记。他翻译的英美现代诗、土耳其诗选，都可以说是在忠于原著的基础上的再创作。他的散文集《记忆像铁轨一样长》《日不落家》与评论文集《分水岭上》，是他诗歌创作之外的重要成果。只要真正走进他的散文世界，只要真正领悟他的真知灼见，你会发现余光中虽然白发苍苍，却浑身散发着青春活力。

于此之外，我还看到了一个书虫余光中，倘若没有书虫的角色，那么余光中也许就不能写出风格独特的杂文以及深刻独到的评论。读是写的源头，“读书破万卷，下笔如有神”。阅读是春水，写作就是青草，在春水的滋润下，青草日渐葱茏，显出生命与活力。

古今中外，但凡能够取得巨大成就的文学家，都是地道的爱书人，余光中也不例外。在《书斋·书灾》中，他提及与书打交道的点点滴滴，无不令人动容，令人感慨：“我的书斋经常在闹书灾，令我的太太、岳母和擦地板的下女顾而绝望。”他忍受不了的岳母甚至几度建议，“用秦始皇的方法来解决”，一把火烧掉得了。也许这话当中有几分玩笑的成分，然而不能忍受的程度可见一斑。“那些漫山遍野、满坑满谷、汗人而不充栋的洋装书，就像一批批永远取缔不了的流氓一样，没法加以安置。”读书是一件快乐的事情，藏书就是一种痛并快乐着的烦恼了。同一篇文章里，余光中还写到资深的“书呆子”都有一种不可救药的毛病：“他们爱坐在书桌前，并不一定要读哪一本书，或研究哪一个问题，只是喜欢这本摸摸，那本翻翻，相相封面，看看插图和目录，并且嗅嗅（尤其是新书的）怪好闻的纸香和油墨味。就这样，一个昂贵的下午用完了。”南宋陆游在《题老学庵壁》中有诗句提到自己与书籍长相厮守的快意：“万卷古今消永日，一窗昏晓送流年。”时光流逝了多少个年头，书虫们爱书的情怀如出一辙，余光中与陆游的乐趣何其相似！

许多时候，看书并不等同于读书。读书，是让眼前滑过一个个方块字，把字读进心里，引起心池的荡漾。而看书，并不一定需要了解书中的内容，只是把玩书的外观，喜欢书的模样而已。在资深的“书呆子”眼中，爱书不仅仅是因为书中内容的价值，还在于书的纸张质感、装帧设计、排版印刷等肉眼看得见的诸多要素。如此看来，书已经不仅仅是书了，而是一个承载着情感的人：是想见而不可得的梦中情人？是志同道合却毫无音讯的挚友？是血脉同源却形同陌路的至爱亲人？是相濡以沫相忘于江湖的兄弟？于《开卷如芝麻开门》中，余光中对自己是如此评价的：“为学问着想，我看过的书太少；为眼睛着想，我看过的书又太多了。”这句话中有自谦，更有真性情的流露。自谦的是自己读的书少，所以学问不多；流露的是他爱书爱到痴狂，所以读过的书太多了。这种读书是随意的，想读哪本读哪本，读书并不是为了什么功利目的，开心就好，快意就好。因此，把余光中看作一个纯粹的读书人也未尝不可。

余光中回忆爱书往事时，写道：“在书荒的抗战时代，我也曾为了(喜欢)一本借来的天文学入门，在摇曳如梦的桐油灯下逐页抄录。”他想起陆蠡为了追讨被日本兵没收的书籍，受刑致死；想起“文革”期间，无数读书人心爱的藏书被抄走、锁起或焚毁。余光中在庆幸之余，心中是充满沉痛的。爱书之人，仿佛全世界只要有书就心满意足了。但是在非常年代里，爱书又是身不由己的，甚至会惹来杀身之祸。

话说回来，对吾辈来说，学贯中西的余光中何尝不是一部大书呢？读他的诗歌，读他的散文，读他的评论，读他的翻译，像是品读他人生的一个个段落。只要中文永春，我们都可以在美丽的方块字里领略大师的风采，受益终身。

束沛德的童心

生命的付出与得到经由童心的穿针引线，在阳光下流淌成一条美不胜收的弯弯大河，在风雨中堆积成三册厚重的自选集。

“束沛德自选集”分成三册，其中两册为文学评论集，一册为散文集。两册文学评论集为《耕耘与守望》《坚守与超越》，一册散文集名为《缘分与担当》。从书名中的六个关键词可知，束沛德是一个极富情感、极重感情的人。几十年来，束沛德是中国儿童文学发展的推动者、见证者、记录者之一。他通过各种渠道、各个途径呼吁关注、重视儿童文学。赏析、漫评、琐谈等评论性文字与书信序跋、演讲稿、发言稿等文体不拘的文字，统统收录于两册文学评论集中。它们凝聚了束沛德的力量、汗水、智慧，可以视为他对儿童文学未来的美好期待。他说：“我不写诗歌、童话，也不写小说、报告文学，不是一个儿童文学作家。”除了写真挚的儿童文学评论，他还写真诚的散文。收录于散文集中的文章，最早的写于 1950 年，最迟的写于 2019 年，时间跨度近七十年。而这些写于人生不同阶段且体裁不一、内容迥异的文字，有着同样的精神特质：真。

对一辈又一辈的儿童文学作家以及他们的作品，束沛德总是给予真切的关注与真挚的评述。他认为曹文轩的《草房子》是一部内蕴丰厚、艺术精致的佳作，他夸赞秦文君在文学创作上不断探索的精神，他认可彭学军明丽、鲜活的文学语言，他赞赏孙卫卫素面朝天、不加修饰的单纯。对于别人作品中的优点与风格，他总是发出由衷的赞赏。那是打心底里发出的赞赏，仿佛别人作品中的荣誉是他的，别人的优点也是他的。这种不分你我的真诚与热情，源于束沛德对待儿童文学的赤子之心。作家们获奖，他发去由衷的祝贺；研讨会召开，他发出真实的声音；别人来信讨教，他毫无保留地指点。在论及郑春华的创作之所以能取得成功时，束沛德认为其能够保持宽松、愉悦的创作心态是极其重要的。“郑春华十分珍惜童年生活对自己的馈赠，始终保持纯真的童心，‘保持了小时候玩洋娃娃的心情进行儿童文学写作’。自己沉浸在快乐、感动之中，写出的作品也才有可能让孩子快乐、感动。”这是极其温柔、温暖的解读与评价，可以想见读到这段话的郑春华心中会涌起多么深的感动。

不管是对成名已久、著作不少、获奖无数的儿童文学作家，还是对只能写出稚嫩习作、充满朝气与迷惑的中学生，在论及他们的作品时，束沛德从未摆起高人一等的架子。只是用一颗心尽力融入另一颗心，去贴近文本、体贴作者，尽量做将心比心的解读。正因为源于真挚、出自真诚，所以束沛德的文章里总是流露出一股亲切随和的感觉。在关于任溶溶《当心你自己身上的小妖精》的评论文章中，作者写道:“你是不是也像多多一样，本来很乖，讲道理，不瞎吵瞎闹，爸爸妈妈都喜欢你。后来，不知怎么搞的，一下子就不乖了，动不动就大吵大闹，自己也管不住自己，爸爸妈妈也就没法子喜欢你了。你也和多多一样，挺苦恼吧!”这样的文字一下子把读者和任溶溶的距离拉近许多，这篇评论不独成年人可以读，小读者也可以读，因为它亲切得如同一个老人家对天真小孩的耳语。

自称为“老兵”“老园丁”的束沛德视作家和文学爱好者如自己的朋友。与他们对话时，束沛德没有面容的严肃，没有距离的遥远，只有亲切和蔼的娓娓道来，只有对真实情形毫无保留的诉说。然而，这并不意味着只是一味地说好话。在许多篇文章里，作者直言不讳地道出自已眼中作品的不足。指出不足并非其目的,而是希望看到作家有所进步。他在 1964 年的文章中写道:“我们既反对粗暴批评,也反对盲目捧场。我们需要的是正确的、中肯的批评。”五十三年过去了,在写于 2017 年除夕的《聊以自慰的收获》中,束沛德认为:“与人为善、实话实说、有胆有识、入情入理,则是我在评论写作上的追求。”两句话可谓殊途同归。

不管是由衷的认可、热情的鞭策,抑或是语重心长的提醒与指点,其情感源头都是束沛德对同道们的关心、爱护、提携,也是他对孩子们健康成长的美好期待。他说:“愿幼年、童年时代,有童话相伴的孩子,长大以后,多一点想象力,多一点创新力,多一点人性美,多一点梦想、诗意、情趣和幽默!”为孩子们奉上美好的、高贵的文学盛宴,给予他们成长所需的精神养料,这是束沛德和众多儿童文学作家共同的心愿。反过来也可以说,儿童文学作家任重道远。“儿童文学在以情感人、以美育人、以趣动人上,既要用爱、同情、善良、和谐等美好品质滋润孩子的心田,也要让勇敢、无畏、刚强、坚韧的种子在孩子心灵深处生根、发芽、开花。”这是作者对他们使命与责任的清醒认识。他认为儿童文学作家要回应亿万小读者的热切呼唤,不要被陈规俗套束缚,要张开想象的翅膀,写得更开阔丰富。在写于 2003 年的《童诗现状漫议》中，束沛德表达了对童诗被冷落的担忧，同时还对如何改变这样的现状提出了自己的三点看法。第一，作者要下功夫去观察、研究当今孩子丰富多彩的生活；第二，要开阔眼界、拓展诗路，进一步扩大题材范围；第三，在诗歌的品种、样式上，要力求多样化，既可是抒情诗，也可以是叙事诗、童话诗、讽刺诗。放眼今日精彩纷呈的儿童文学百花园，我深信其中有束沛德的一份功劳。诚如他自己所说："我上岗之后，虽不敢说'磨破了嘴，跑断了腿，操碎了心'，但确是满怀热情地为儿童文学鼓与呼，尽心尽力做了力所能及的事情。"

束沛德说："感情真挚自然，文笔朴实简洁，是我在散文写作上的追求。"相对于文学评论集更多在关注儿童文学，散文集则主要是怀人记事的文字。其内容虽比不上文学评论集的丰富，然而它们却是同一条生命之河的两条支流。"凡事讲究一个'真'字，读书、做事要认真，待人、处世要真诚，言谈、写作要真挚。"这是束沛德的座右铭。对待至亲，对待师友，他总是能发现别人身上的闪光点，让一颗心充满着感恩之情。耄耋之年的沙汀对他的关心，巴金语重心长的鼓励，远千里敢于维护人格尊严的刚强，冯牧的平易、和蔼、亲切，冰心的重友情、讲信义，陈伯吹的无私奉献与良苦用心,都被束沛德铭刻心中,永生难忘。日常生活中的诸多琐碎,以及蕴藏在琐碎中的美好,也是其散文集中不可忽视的组成部分,如兄弟姐妹八家在家乡大团圆的美梦实现,四弟出版集邮作品集《美在方寸》,两口子从同窗情到钻石婚的温情相伴,小侄儿喜欢吃炸酱面的倍感知足,游历加拿大时见到的草坪、枫林、松鼠……

不管是哪一册,童心都在束沛德笔下熠熠生辉。对他来讲,这不是人到老境时的"返老还童",而是童心从未在他生命里消失过。因为有童心的撑持与滋润,他才把自己的一生过得既有真情又有真意。退休前他把日子过得充实,退休后他把日子过得愉悦。对他来说,生命的每一天都如节日般永驻。对晚辈的提携、鼓励是力所能及的给予,对前辈师友的感念缅怀是得到成全之后的一生珍藏。生命的付出与得到经由童心的穿针引线,在阳光下流淌成一条美不胜收的弯弯大河,在风雨中堆积成三册厚重的自选集。

冯骥才的《艺术家们》

艺术家不仅生活在艺术的国度里，更扎根于生活的广阔天地里。艺术之花的绽放，如果少了现实生活这片土壤供给的养料，必然是贫瘠、苍白的。这是长篇小说《艺术家们》中的折射出来的冯骥才独特深刻的艺术之路。

1942年出生的冯骥才，从二十岁在报刊发表第一幅画作至今，已从事文艺创作六十年。在读者眼中，著作等身、获奖无数、影响力深远，这些已然是画家兼作家的冯骥才的标签，然而这并不是冯骥才的全部。二十多年来东奔西走、不遗余力地参与民间文化的保护和抢救，已足以证明他非凡的使命感与责任感。发现美，呵护美，传承并发扬传统文化和艺术，在他这里不仅是纸页间的走笔，更是竭尽全力的亲身实践。

在新世纪的第二个十年行将结束的时候，冯骥才用他的长篇小说《艺术家们》引起读者对“艺术家”身份的进一步思考：艺术家应该是怎样的一种人或一群人？艺术家在当下社会的处境如何？艺术家和艺术之间的关系是怎样的？小说以楚云天、洛夫、罗潜三个艺术家为核心人物，旁及易了然、唐三间、于淼、屈放歌、高宇奇等人，描绘出急剧变迁的时代背景下的艺术家群像。

被美照亮灵魂的人，才是真正的富翁

品读二十三万字的《艺术家们》，读者很难不联想到冯骥才的生平经历。我的思绪时而在《激流中》等冯骥才作品中逗留，时而回到楚云天的世界里。现实与小说有交叉，有重叠，是毋庸置疑的。《艺术家们》表面上讲述的是三个艺术家在时代的变迁、生活的漩涡中或迷失自我或坚守自我的故事，其实内里却折射出冯骥才独特深刻的艺术之路。换言之，若无作者本人画家出身的专业背景，三人关于印象派大师作品的风格与价值的讨论，楚云天与易了然关于宋画特征的各抒己见，楚云天在洛阳与高宇奇的言语碰撞、精神激荡以及惺惺相惜，便不会如此深刻动人。

冯骥才说：“真正的艺术创作，每一次都是一次自我的升华。升华是一种神奇的质变，它不期而遇。”他又说:“但艺术是纯粹个人心灵的事业,个人的路只有自己探索。”他还说:“被美照亮灵魂的人,才是真正的富翁。”小说中这些关于艺术的真知灼见是必要的背景介绍,又何尝不是冯骥才情不自禁现身说法或他的经验之谈?支撑起楚云天艺术之路的是作家冯骥才,同时也是画家冯骥才。

饱含强烈理想主义色彩的艺术宣言,清澈得没有杂质,空灵得没有重力。对艺术家们来讲,它们直指那段隐忍、蛰伏却有生命力在潜滋暗长的青春岁月,后来取得的地位、名气、权力、金钱等与当初的他们仨毫不相关。“应该找时间聚聚了,相互评议一下,让各自的努力彼此启发。”当楚云天意识到他、罗潜、洛夫三人在画艺上皆有所提升时,心中便会生出这样的期待。想当年,小屋再简陋、偏僻,也是三人心中的艺术圣地。每一次进入艺术的世界里,再短暂的时刻都是至高无上的享受。那种旁若无人、自成天地、其乐融融的氛围,是青春的美好标签,一旦错过便不复拥有。

无须画展的认可,亦无须画廊的定价,正如罗潜所说:“艺术是自己的心灵和理想,自己认可就足够了。”对真正的艺术家来讲,这是最初、最终、最本真的认识。它源于好友之间的闲叙,不是庄重、正式场合里的致辞或告白，却饱含深刻的暗示。谁能够不忘初心地行走在人生道路上，谁才是真正的艺术家。

能够拯救艺术的，唯有艺术

被美照亮灵魂的人，绝不只有楚云天一人。那些已然成名成家的画家，哪一个当初不是被艺术的魅力吸引着走上这条道路的？然而，照亮并非最关键的，更要紧的是照亮之后能否坚守。人生是一条长路，照亮仅是短暂的瞬间，而坚守才是持续的跋涉，是默默行走的淡定与从容。历经千山万水的跨越之后，方有攀登艺术殿堂之可能。

小说中有不少动人的瞬间，是冯骥才独具匠心的安排，是颇具象征意味的存在。“木质的窗框是画的，窗外的景象也是画的。他不过用了一些半抽象的色块和粗阔又自由的笔触，就把窗外夹着光斑的重重绿荫呈现出来了。”罗潜在小屋里，用艺术为自己开了一扇窗，一扇无须开就开着、无须关就关着的窗。想下雨就下雨、想晴天就晴天、想下雪就下雪，境由心造，艺术家就是美的创造者。亦如冯骥才所言：“真正能救赎一个艺术家心灵的，还是艺术本身。”若无艺术，很难想象不善言谈的罗潜能挺过去。而勇于创造的人，自然不会在人生的困境面前畏畏缩缩、瑟瑟发抖。

洛夫在妻子郝俊的软磨硬泡下，卖掉自己的几幅代表作，只是为了成全郝俊住进别墅的欲望。他的失落、茫然、伤感，枕边人郝俊不懂，楚云天却懂。在隋意的建议下，楚云天卖掉自己的多幅作品，买回洛夫的代表作《深耕》珍藏，为了日后有机会回赠好友，给他带去宽慰，抚平他心中的伤痕。能够拯救艺术的，唯有艺术。真正的艺术撑起的是友情的分量，而撑起艺术的是高贵的人格。艺术虽被市场裹挟，友情却仍纯真。这样的美，早已突破画技或画艺，直指心灵。

楚云天在高宇奇因车祸离世后奔赴洛阳，在其未完的画作前跪下来，无声地向逝者诉说心里话。他的悲伤不仅是对宝贵生命的哀悼，更是在向一颗真诚、坚定的艺术之心致以深深的敬意。在得知高宇奇的几位生前好友预备第二天到其遇难处祭奠时，楚云天执意要去且如愿成行。若无这样的坚决，他不可能领略太行山风景的纯粹之美。若无美的领略，何来随后画出十年来少有之力作？何以和千年前的范宽、郭熙等人神魂相通？能够成全艺术的，只有艺术。能够成全艺术又成全艺术家生命的，还是艺术。艺术并非济世良方，然而在许多时候却是救命或续命的药丸。

舶来的先锋艺术之影响倒在其次，商业化气势汹汹地到来，才是时代变迁中最大的特征，亦可以说是给艺术带去的最大冲击。人心若只剩欲望，又何来艺术创作上的自由？唐三间、屈放歌、唐尼、于淼、余长水皆为彻底倒向市场之人，作品彻底沦为商品，作画只为价格，艺术之处境可想而知。洛夫跳河自尽就是艺术被欲望操控以至于扭曲、变形，乃至最后枯竭的恶果。原本纯粹地热爱着艺术的他，开始从各个方面包装自己的画作和宣传自己的画展。为了成全妻子住进别墅的欲望，他卖掉自己的几幅代表作。为了赢得曝光率、赚取知名度，他深陷行为艺术中无法自拔。为了参加拍卖，他把自己的路彻底堵死，像一棵半枯的树吊在悬崖上。背弃艺术者，美自然弃他而去。

艺术之花，在现实生活这片土壤中绽放

在这样的大环境里，楚云天告诫自己，不能让自己的艺术观在生活的重锤下变形。何为“生活的重锤”？即市场化，即商业化，即所谓的价格，即深不见底的欲望。真正的艺术家是美的创造者，而非价格的制造者。真金不怕火炼，对艺术的真心无惧考验。楚云天即便挂着各种各样的头衔，有着各种各样的身份，他依然是真实的普通

人，也会有身不由己、迷失方向的时候，然而在市场面前，他一直保持着可贵的清醒。在拍卖预展上，他曾斩钉截铁地反问余长水："价钱能说明这幅画的价值吗？"知世故而不世故，知价格而不忘艺术，看似幼稚，实则是坚守。

对楚云天来讲，工作收入挣来的钱，足够生活即可。真正的艺术家喜欢的是艺术与美，而非其他。艺术也好，美也罢，是他心灵的需要，其他的最多只是附属品，不能占据主流或中心。真正的艺术应该是一方无形的净土。艺术家用自己的灵魂筑起一道牢固的墙，把肮脏与丑陋摈弃在外。这道墙之所以无处不在、滴水不漏，是因为其地基是对自我清醒的认知与对艺术纯粹的真心。

在市场面前，楚云天因不屈服而清高，而孤独。但在艺术的世界里，他并不孤独。与他知心的除了在黄山偶遇且惺惺相惜的徽州才子易了然，还有在洛阳默默作画、籍籍无名的高宇奇。在楚云天心中，高宇奇和他的《农民工》是一片纯净的艺术天空。当楚云天见到"坚称自己是最好的人物画家"的高宇奇时，《农民工》这幅巨作已经创作了三年半，而且不知何时才能完成。然而高宇奇带着艺术激情的每一句话，都能给楚云天带来深深的震撼。在楚云天看来，"在当今流光溢彩、变幻无穷的社会中，谁会这样精准地抓住了时代特有的本质、生活的脊梁、时代沉默而可敬的灵魂,并为之付出？当然只有真正的艺术家”。

艺术家不仅生活在艺术的国度里,更扎根于生活的广阔天地里。艺术之花的绽放,如果少了现实生活这片土壤供给的养料,必然是贫瘠、苍白的。这是长篇小说《艺术家们》中的折射出来的冯骥才独特深刻的艺术之路。如果心中的艺术良知被欲望挤到边缘,又把现实土壤、传统文化统统抛之脑后,那么艺术只剩花架子,经不起任何的推敲与论证。

在散文集《文雄画杰》中,冯骥才写道:“出于同行,我关心他们的艺术,更关心他们的性格、气质、命运、家庭、生活,乃至习惯、嗜好,种种人的细节与小节。我知道这是他们的艺术独特性的内因。”以上文字何尝不是为楚云天说的？小说中最动人之处莫过于他的清醒与清高,他从不屈服于市场和价格,主动卖画之举,亦是为了弥补挚友的遗憾,而非冲着金钱而去。散文集中的艺术家们是真实的历史人物,《艺术家们》中的楚云天则是虚构的,然而他们皆有一颗为艺术付出自我的真心。

贾平凹的《前言与后记》

不管有多么大的宏愿，有多么高的目标，贾平凹的书写都是源自对故乡的无穷想象，都是多年以后对故乡的深情回望。

我是把《前言与后记》当作传记来读的，书中以后记居多，辅以序言若干以及书信若干，另有自述三篇。相较于隐没在小说背后的贾平凹而言，这里的贾平凹更加真实，更加毫无保留。这些文章，或讲述农村往事，有悲有喜；或论述文章之道，有轻松有沉重；或阐述自身体会，有真实的不堪，有别样的幽默。

在《自传》一文里，讲述的是贾平凹第一次走出秦岭，到西安“串联”。冬日里，他在西安与一个漂亮的女孩儿对话，这个女孩“茸茸可爱的鬓发中有一颗淡墨的痣”。女孩问起：“山里和城里哪儿不一样？”“城里月亮大，山里星星多，”说完之后，初次进城的小伙子还补充道，“城里茅坑少。”姑娘嘎嘎地笑了，起身走了。许多时候，幽默不见得总是脑袋灵光的副产品，它也可能来自憨厚。文中的幽默随处可见，却又不止于幽默，进城时的种种见闻，对一个山里人来说，是堪称奇遇的。借助幽默，贾平凹真实地刻画了一个农民首次进城的种种真实感受，这些感受是终生难忘的。

故乡的孩子不管走到多远，走出多久，都会把故乡背负在记忆的行囊里。在《〈高兴〉后记之一》里，贾平凹写道：“每次回老家，肯定要去父亲的坟上烧纸奠酒，父亲虽然去世已有十八年，痛楚并没有从我心上逝去，一跪到坟前就止不住地泪流满面。”呜呼，读到这样的句子，我不能释怀，一颗心忍不住地往下坠。父亲就是故乡，故乡就是父亲。这个时常听到故乡土地呼唤的作家，这个注定要为这片土地书写的作家，他的灵魂何曾离开过这块生他养他的土地呢？他曾经告诉自己，要把农民皮剥了。可是后来，他才发现，他骨子里就是个农民。

这个农民，是父亲的儿子，也是故乡的儿子。故乡人对于作家贾平凹并不以为然，甚至有人在棣花街上说起了贾平凹之后，得到的回应是：“像他那样的，这里能拉一车。”是啊，倘若没有进城读大学，木讷内向的贾平凹是比不上发小刘书祯的。刘书祯“说话有细节”，有城里人所没有的“幽默”和“智慧”，是贾平凹喜欢谈话的对象。在乡里人眼中，一个个汉字不是写出来的，是说出来的，像面对面叽里呱啦地交谈一般。这样的人，当然能拉一车了，刘书祯不就是其中的一个吗？也许，我如此这般的理解太自以为是了；也许，这也是贾平凹的谦逊；也许，这更是他在故乡面前的自我定位。不管怎样，至少我可以感到他的款款深情。在《〈秦腔〉后记》中，他说道：“我感激着故乡的水土，它使我如芦苇丛里的萤火虫，夜里自带了一盏小灯，如满山遍野的棠棣花，鲜艳的颜色是自染的。”这个感激故乡的农民，不肯直白地感恩故乡的赐予，倒玩起含蓄来了。不过，这含蓄真美，给人带来美的遐想。

在同一篇文章里，他动情地写道：“故乡呀，我感激着故乡给了我生命，把我送到了城里，每一次想故乡那腐败的老街，那老婆婆在院子里用湿草燃起熏蚊子的火，火不起焰，只冒着酸酸的呛呛的黑烟，我就强烈地冲动着要为故乡写些什么。”我不禁感激于这样的“冲动”了，唯有如此，多年以来，我才有那么丰富的文学养料，有《秦腔》《高兴》《古炉》《带灯》等来自真实人间的作品。阅读这些作品，就像回望儿时袅袅升起的炊烟，炊烟是一声呼唤，呼唤在外游玩的孩子，该回家了。

我以为，写得越多，写得越好，贾平凹心上的故乡就越发沉重。故乡在他的文字里，呈现出了千万个模样。模样越多，他越看不清楚故乡，越发觉得故乡是个说不完道不尽的宝藏了。当年的故乡有父亲、母亲，有精通胡琴的李家兄弟，有爱唱秦腔的冬生，有下雨时盘腿搭手坐着讲《封神演义》的五林叔，有成了阴阳先生的生平，有整理鼓谱的刘新春。当年的故乡还有过贪吃致死的关印，有当过村干部流着哈喇子的张家老五，有在铜川下煤窑的，有在潼关背金矿的，有在省城里拉煤、捡破烂的，还有打工伤亡躺在白木棺材里被送回来的……

贾平凹的书写，是一份螳臂当车的对抗，抑或是一曲荡气回肠的哀歌？也许都是，也许都不是。任凭他拥有再多的读者，也只是精神或灵魂上的共鸣而已，在严峻的现代化面前，这点共鸣显得很高贵，又显得很无力。因为隆隆地向前推进的现代化的列车是抵挡不住的。贾平凹呼唤道："这条老街很快就要消失吗？土地也从此要消失吗？"也许终其一生，贾平凹都无法确知这个问题的答案。也许，这个时代日益加快的步伐，让他有了更加紧迫的使命感。

在致友人的信中，贾平凹描绘着自己的亲身体会："我一旦想写些让别人能满意的作品时，作品反而写得很糟。"贾平凹写作不为柴米油盐，不为达官贵人。他只为自己而写,为自己的故乡而写。

把写作当成活着的意义的贾平凹,自认为一生的大部分作品都要为农村而写的贾平凹,似乎听到了故乡大地的声音:“那么大的地和地里长满了荒草,让贾家的儿子去耕犁吧。”于是,他说:“不写作的时候我穿着人衣,写作时我披了牛皮。”不管有多么大的宏愿,有多么高的目标,贾平凹的书写都是源自对故乡的无穷想象,都是多年以后对故乡的深情回望。这个个子不高,又自认为长得“极丑”的人,以文字为犁耙,以想象为翅膀,让故乡永恒地铭刻在中国的文学长廊里。

曹文轩的少年心

在我的世界里，曹文轩就像一座灯塔，在我生命的正前方耸立着，为我驱走冰冷、黑暗与畏惧。

我是阅读的杂食者。只要是自己喜欢的，不拘内容，不拘形式，统统不放过。我虽年过三十，却嗜读儿童文学作品。曹文轩是我最关注的中国当代儿童文学作家，没有之一。提起曹文轩，我就不由得想起他畅销不衰的代表作《草房子》。“桑桑望着这一幢一幢草房子，泪水朦胧之中，它们连成了一大片金色。”1962 年，桑桑只有十四岁，在即将告别油麻地时，他的心里满是伤感，因为油麻地有他所有的过去。这里有草房子，有纸月，有杜小康、细马、秃鹤、阿忠，有蒋一轮、温幼菊两位老师。他们是桑桑所喜欢、所爱戴的人。

满目金色的油麻地，让我想起了当年学过的小学课本中的一张插图。虽然已不记得与那张插图有关的文章了，但那满目金黄的麦场不能忘，那收获的喜悦表情也不能忘。人们忙碌过后挂在额头的汗珠似乎仍在秋阳下闪闪发光。这两片金色在我的脑海里重叠、合二为一，像是梵高笔下的向日葵。冯亦代曾经回忆“文革”时身处农村，见到了人家房前屋后的向日葵，好像得了莫名的力量。常常特意拐道去看，看后犹如实现自我的再生。对我来讲，读《草房子》也有冯亦代见了向日葵的感觉。桑桑得了绝症，所有的人，包括桑桑自己都不相信会有绝处逢生的机会。但是我却告诉自己，这么美丽善良的人生活在一大片金色的怀抱里，不会走向那样悲苦的结局。

《草房子》也是我最早读过的曹文轩的作品，他与别的作家给我带来的最初印象是多么的不同。那种强大的生命力从纸页间传来，会令读者想到曾经的自己，想到曾经的少年伙伴们。

在《穿堂风》这部小说中，曹文轩塑造了一个叫橡树的少年。他不是穷人家的孩子，却是小偷的孩子。因为这个被烙上道德色彩的不堪身份，他被孩子们孤立了。“油麻地所有的孩子都在躲着他”，孩子们在路上遇到了橡树，要么停住不走了，要么走到另一条路上。被孩子们孤立的同时，橡树也被整个油麻地抛弃了。妈妈已经去世，父亲在监狱里，奶奶眼睛已经瞎了，油麻地就是橡树的整个世界。被油麻地抛弃就意味着他被整个世界抛弃了。

与橡树相知相守的是曹文轩充满温暖的笔触,它像是无边冷漠的世界里,给孤独少年橡树送去的一丝爱意。在橡树义无反顾地走向大自然的时候,我原本哀伤的心,也随之有了些许温暖。上有天,下有地,中有穿堂风,它们最明白少年橡树的内心,他既然向临终前的妈妈发誓过,永不再偷东西,就一定能够做到。他用自己的勇敢和刚毅证明了自己的清白,也赢得了生命的尊严。

给予桑桑、橡树、根鸟、葵花、青铜等少年的赞许和肯定,源于曹文轩的悲悯情怀和大爱之心,这是曹文轩的作品给读者送来的最厚重最深远的启迪。在曹文轩这里,悲剧是人生的底色。生命的快乐会因为分享而扩散出去,进而成倍地增加,生命的苦难却只能独自承担,生命的超拔与飞扬必先经过一番彻骨寒。这是任何人都不能躲闪的冷冰冰的现实。曹文轩所写的是生活的真实,也是生命的现实。他既能在生活层面上打动人,也能够带给人心灵深层的震动。好书的影响力,不仅穿透了纷繁芜杂的生活表层,还跨过了语言与文化的界线,有沉甸甸的"国际安徒生文学奖"为证。

曹文轩笔下总有水的影子。逝者如斯的水的永恒存在，冲淡了他作品中与生俱来的悲剧感。让无情的悲剧与有情的水相拥做伴，是曹文轩作品中的典型环境。这与曹文轩从小生活在水乡有很大的关系。一个人不管是否从事写作，他都永远无法走出自己的童年。换句话说，童年是一个巨大的回忆空间，有让人永远提取不尽的精神财富。有的人，其提取方式是深陷回忆之中不能自拔；有的人，其提取方式是一次又一次回到童年，自得其乐地进行着与童年有关的书写。不写作的人，只能拥有前者；写作的人，则同时拥有前者与后者。作家的写作就是诉说，诉说就是进入写作状态前的热身。

温儒敏在《曹文轩的“古典追求”》中说道：“我最喜欢曹文轩作品中对生命的尊重，对人性的理解。他习惯写青少年的成长过程，总是非常细致认真地观察描写人在成长过程中的心理变化，包括种种迷惘与困扰。”拥有种种美好品质的少年，在曹文轩的笔下，绽放着人性的璀璨光芒。他们在困难面前，在诱惑面前，在邪恶面前不屈不挠，朝着既定的目标勇敢向前。在曹文轩的人物世界里，不独有少年的坚挺傲骨，还有成人世界里的隐忍、仁慈、大度、宽宏、坚韧。优秀的儿童文学作品是没有阅读的年龄界限的，孩童与大人均能从中得到启迪与收获。

从第一次遇见曹文轩开始，我的眼前一直摇晃着那个一九五四年出生于江苏盐城的瘦弱少年。在打造自己的儿童文学国度的时候,他其实一直在书写着自己的童年。不管岁月如何催人老去,只要曹文轩依然笔耕不辍,当年的盐城少年就永不会老去。近五六年来,曹文轩新作的接连问世是我平淡生活中的喜讯。心情愉悦之余,我总会尽快买来阅读,让它在我捕捉字句段的分分秒秒里唤醒沉睡在心中的懵懂少年。在我的世界里,曹文轩就像一座灯塔,在我生命的正前方耸立着,为我驱走冰冷、黑暗与畏惧。他的作品《蝙蝠香》正安躺在我的书桌上,等待我充满好奇与期待地开卷。

张炜的遥远与阔大

对梦想不离不弃的人，才会不断走向遥远和阔大，才会不断拓宽自己的文学世界、提升自己的灵魂高度。张炜便是这样的人。

多年前读过张炜的《古船》《九月寓言》《刺猬歌》，当时颇感吃力。后来想想，是我的沉淀不够。强扭的瓜不甜，强读的书只能囫囵吞枣。几乎在放下张炜小说的同时，我发现了他写的大量散文、随笔、评论。我读得乐此不疲，读得甘之如饴。

在我眼中，张炜算不上伟大的作家。因为我私下认为，经过无情历史的检验之后依然保有影响力的作家，才算得上伟大。因为时间关系，依然保持旺盛创作力的张炜显然还不是。但是，张炜是一个有大胸襟、大格局的作家，这是毋庸置疑的。否则，我的阅读岂能柳暗花明？

关于散文这种文体，张炜是这么认为的："散文的自然天成、朴素和真实才是它的最高境界。历史上留下来的一些散文名篇并不是计划周密的文章,也没有写作艺术散文这样的意念,结果却成就了最高的散文艺术。”我不知是否可以用这段话来概括张炜的散文创作,但是我却以之为谈论散文的真知灼见。我品读了张炜的《游走:从少年到青年》,这本书带给我强烈的真实感。在这本书里,我读到了一个不断行走在山里乡间的少年,读到了一颗为文学之梦而澎湃的心,读到了一段懵懂恍惚的如歌岁月。用“喜欢”这个词是不足以形容我内心之真实的,大概唯有用“震撼”才足以说明。书中收录的许多篇章,是我心目中当之无愧的当代散文经典。它们曾经被收录在别的书里,被我不经意地遇见过,被我静悄悄地喜欢过。尽管是再次读到,我依然情不自禁地在这些句子下面郑重地画上横线或波浪线,在句段的开头和末尾用小括号标记着,并且一本正经地批注上若干充满稚气的句子。

“我们的学校不像当时一般的校园那样,围了高墙,又做了大铁门。她藏在一片果树林里。与果林相连的,是那无边的、茂盛的乔木林。一幢幢整齐的校舍在园林深处,夏秋天里看去,只见一片葱绿,要是没有人指点,只怕还不知道这里面有所学校哩。”这是现实还是想象?是作家笔下的童话还是白日里的痴想呢？少年张炜真是足够幸运的，这样的学校堪称人间天堂矣。即便在课堂上遭罪，转眼望向窗户，便可顷刻释然。城里的孩子们从小被关在水泥丛林里，与大自然之间慢慢产生了无形却巨大的隔阂，实为人生永远无法弥补的大不幸。

“伏在桌上安安静静读一本好书是愉快的，而到田野里接受大自然的沐浴和陶冶就更加幸福。一个人在中学时期经历的东西很难忘掉，像我，至今记得当时跨越的潺潺小溪，看到树尖上那个硕大的果子，闪着亮光的三菱草的叶子和又酸又甜的桑葚的滋味……那时候给我心田留下了一片绿荫，使之不致荒芜，使之后来踏上文学之路时，能够那么脉脉含情地描绘我故乡的原野。”任何一篇关于张炜作品的评论，都应该正视原野中的一切在张炜心中留下的亮光。如果没有这些亮光，张炜的文学生命必然缺少遥远和阔大的源头。

如果说在快节奏的现代社会中，重读张炜的长篇小说是一桩不易之事，那么抽点空闲时间，品读如《热爱大自然》《捉鱼的一些古怪方法》《没有围墙的学校》这些短小精悍的篇什，会让自己干枯的心房得到些许的滋润。

《心仪：域外作家小记》《凝望：四十七幅图片的故事》，让我见识了张炜的另一个身份：读者。这些书籍瞬间拉近了我和张炜之间的距离,一个在写作上有独到之见的勤勤恳恳的人,必定是一个在阅读上孜孜不倦的人。如果没有阅读,写作的丰富靠什么支撑?他的这些文学评论或读书随笔读得越多,我的这些疑问就越少,问号也逐渐变成了句号和感叹号。

“吃的方法很多,比捉的方法又多出几倍。用油炸,用水煮,有时还故意让活鱼下锅。但这毕竟是大人们的事情。孩子们如果捉到了鱼,常常用友好的、温存的目光看着它们,似乎从中感受到了其中那可以沟通的什么东西。他们总是把鱼儿养起来,心中充满了希望……”忘了是哪个名人说过的,每一个孩子的降生,都体现了上帝对于人类的不绝望。人类的纯美与至诚,常常被存放在孩子们的身体里。

也许是源于这样的认识,张炜才把自己的笔触转向儿童文学创作领域;也许是曾经在那样如田园牧歌般的环境里成长过,张炜才放不下对自己年少时光,放不下对孩子们热情的关切。他的转向,是我的意外之喜。儿童文学作品不管如何虚构,都不免流露出写作者心灵中的真实。他的儿童文学作品《寻找鱼王》讲述的是一个男孩在寻找中不断成长的故事,流露出的是张炜向大自然致敬的情怀。真正的鱼王不是人类猎捕的对象,而是大山里的“水根”，有了它，大山里的水才不会枯，鱼儿才会有赖以生存的环境。人，乃自然之子。

对梦想不离不弃的人，才会不断走向遥远和阔大，才会不断拓宽自己的文学世界、提升自己的灵魂高度。张炜便是这样的人。我喜爱他的作品，却并不只佩服他的作品，而更服膺于他的人品。没有伟岸高大的人品，必定不会有他光芒四射的作品。

张炜说过：“真正的文章高手都是蛮倔的人，他们心气高，平时不会采用被人频频使用的时尚套话，也包括语汇。人在作文这件事上，有自己的语言方式是最起码的，也是最难做的。”我不是文章高手，我只是一个读者，我不能免俗地使用着这样那样的套话行走在文字江湖里。对于张炜，我想说的是，我会一直读下去，读到他写不动、我读不动为止。化用张炜的话来说，真正的读者都是倔的人，他们认定了一个作家之后，便会终其一生不离不弃。

李辉眼里的沈从文

读李辉的文字，我感觉沈从文先生仿佛还在人间，还坐在藤椅上笑着听李辉讲从广阔天地间得来的消息。

李辉笔下的文化老人群像，是我多年来孜孜不倦地追读品鉴的精神盛宴。虽然巴金、萧乾、丁聪、黄苗子等人都曾给我留下非常深刻的印象，但是沈从文先生却是我眼中最独特的一个。故而李辉关于沈从文先生的文章结集出版，我自然是不会放过的。

“眼中”于此有两种含义：一是李辉阅读视野里的沈从文先生，李辉读沈从文先生的书，感受隐藏在文字背后的沈先生；二是李辉日常接触中的有温度的沈从文先生，其一言一行一颦一笑都被李辉记录下来。李辉在《平和，或者不安分》一文中写道：“我同沈先生接触不过几年时间，而且是在他的晚年。沈先生留在我的记忆里的，虽然也有人们通常所说的谦和的笑，以及柔和的声调，但是，我最清晰的倒是他的风趣、活泼,还有孩童一般的任性。”李辉还说,这种任性在他看来非常富有情趣。

李辉在《画·音乐·沈从文》中提到一个细节,令我倍感亲切:“沈夫人对我说,沈老爱听肖邦、贝多芬的交响乐,更爱听他的家乡的民歌和民间戏曲,特别是傩堂戏。沈夫人刚说到这儿,一个令人难忘的场面出现了:沈老一听到‘傩堂’两个字,突然咧开老太婆似的嘴巴,快乐地哭了,眼泪一会儿就顺着眼角的皱纹,淌了下来。”这位爱故乡爱到骨子里的沈先生,在历经人世沧桑之后,赤子之心丝毫不改。这流淌于 1984 年的泪水,距离《湘行散记》的写作时间约有半个世纪的光景,时光却并未使它冷却,这岂能不令人赞叹?多次在文章里提到此事的李辉,对此想必会留下终生难忘的印象。

历数于青史中留名的先贤,我们不难发现他们的人生轨迹何其相似。他们大抵在年轻时远赴他乡,且以超乎寻常的意志力在远方赢得了属于自己的一片天地,年迈时提起故乡的任何一个犄角旮旯,都会让他心潮澎湃抑或热泪盈眶。

无独有偶,李辉于 1989 年随黄永玉先生去凤凰时,听沈先生的亲戚讲过另外一桩相似的事。原来是沈先生提出要早上去菜市场看看,众人一致反对,担心他被挤坏,“他却执意要去,并晃晃肩膀,说:‘挤一挤那才有意思!’”。1982年最后一次回乡的沈从文已有八十岁高龄,可是这种执意,这晃晃肩膀,这乐在其中的挤一挤,哪里是耄耋老人的言语呢?他是个老顽童嘛。面对这桩有风险的趣事,李辉总结得真好,他说:“在拥挤碰撞之中,他一定是在重寻流逝已久的感觉,那些存在于天性中的朴实、天真、自由、轻松。以这种特别的方式,他在同故乡拥抱,同他的童年拥抱,也同他不安分的灵魂拥抱。”

为了了解沈从文先生其人其文,李辉持续多年采访与他关系密切的许多人,曾追随沈先生到西南联大就读的汪曾祺是其中一位。与李辉交流时,汪曾祺说的两点令我印象极为深刻。其一,沈从文先生“喜欢在学生的作业后面写读后感,有时他写的感想比原作还要长”;其二,“他的许多书都是为了借给学生看才买的,上面都是签他的笔名‘上官碧’。人家借书他也从不立账,好多人借走也不还,但这毫不影响他对学生的慷慨和热情”。沈先生是个不跟学生计较的老师。他不因学生不还书而批评学生,这是一种襟怀宽广的平和。他愿意在毫无回报的情况下为学生付出这么多,把身为人师的责任尽到最大,这是一种高贵的不安分。汪曾祺所言令我想起梁实秋写的《记梁任公先生的一次演讲》,幽默的、风趣的、平易近人的梁任公先生，谦虚的、自信的梁任公先生，全情投入、毫不掩饰的梁任公先生，爱国至深的梁任公先生，都在字里行间涌现出来。

汪曾祺回忆恩师沈从文先生与梁实秋回忆梁任公先生，虽然人物不同、年代迥异、背景有别，但是两位师者身上展现的精神特质何其相似！他们与身边人交流，其平易近人的风范与气度令后生晚辈如沐春风、如饮醇醪。他们对待一生的理想与志向，从来较真，从不退让，一颗心时刻准备再出发，这何止是不安分？这是身为教师的我可以学的，也是许多有志于闯荡未来的人可以学的。

我不喜欢把李辉归为现代文学的研究者，因为这些与现代文学有关的老人并不是他的研究对象，他也没有摆出做学问的架势来。他只是把老人们亲切可感的日常，用心地记录下来，记在字里行间，记在自己心里。李辉当时在东单的家到沈先生在崇文门的家，走路只需五分钟左右。沈先生听音乐也好，流泪也好，计较到底走了几步路也好，在李辉眼里都是平和的。但是不可否认的是，李辉之所以被沈先生所吸引，是因为他那些作品具有永恒的魅力。五分钟的路程虽只走了几年，但是这记不清走了几趟的五分钟所带来的收获，是李辉终生享用不尽的。

写于2007年的《干校迁徙与沈从文的木板》令我印象深刻之处是那几段与童年有关的文字。八岁的李辉放学后总喜欢到公路大桥上玩耍,数开过的运货卡车,看桥下的河水,看在水中闲游的鱼儿,看铁路桥慢慢修好。我总以为这几段情感充沛的描写与沈从文先生关于乡下、关于童年的深情书写有关。我之所以如此说,是因为并无学理上的依据,只是自己的感觉而已。极其相似的撒过野的童年时光,会令说者与听者彼此更为投契。

李辉随后写道:“沈从文乘车途经随县前往丹江的那一年,我十六岁。或许,那一天,我所打量过的某列火车,装载的正是他和他的行李木箱。”读者如我,很想把“或许”二字去掉。如果少年李辉没有在铁路旁遇见过老年沈从文,他们两人后来怎能有如此深的情缘?在飞机上读到这句话的我,止不住泪湿眼眶。不见沈先生音容笑貌已近二十年的李辉,对沈先生的想念竟深沉至此,竟含蓄至此,实在是出乎我意料的。沈先生的天才作品、一生际遇、为人性情,注定了他是李辉接触过的文化老人中最特殊的一个。时至今日,李辉想必非常怀念那走过一趟又一趟的五分钟路程吧。

这是李辉与其他研究者最大的不同。别的研究者通常只有通过阅读的“索取”,李辉还有“送去”,送去沈先生与老友冰释前嫌的可能，送去故旧亲朋的最新消息，送去自己青春生命的朝气，送去可以消除彼此隔阂的笑容。相较而言，别人只有干瘪、空洞的数据，李辉有亲切可感的温度。读李辉的文字，我感觉沈从文先生仿佛还在人间，还坐在藤椅上笑着听李辉讲从广阔天地间得来的消息。

近几年我时常翻读沈从文先生的作品，尤其是《湘行散记》与《从文家书》。不是整本书通读，而是每次读上若干篇，把它当作阅读之路上必要的清心之举。读他向妻子张兆和倾诉的衷肠，读他笔下故乡的山山水水、男男女女，读他在故乡的怀抱里肆无忌惮的淘气与顽皮，读过之后再郑重地把书放在沈先生作品的专柜里。此时此刻，站立书架边上的我，思绪总会飘到很远很远的远方。

苇岸的《泥土就在我身旁》

干净指向何方？指向自然和自然中的生命，没有私心，也就没有占有欲，只有保持距离的观赏，忠于原貌的叙述。对大自然众多生灵的牵挂、眷恋，是苇岸日常生活中的深呼吸，呼吸清静与天然。也是静下心，想想与自己同在的它们，在做着什么、想着什么、处于怎样的境地中。

日记，素来为我阅读的重要选择。原因有二：一者，日记以心示人，读之如结识神交已久的挚友；二者，真诚者留下的日记是一笔不容忽视的财富，因之而明心见性是读者的福分。故而，一旦遇见好的日记作品，我便不忍错过。全身心拥抱自然的苇岸，当然是真诚者之一。在某年5月8日的日记中，他写道："有多长时间未与泥土真正接触过了？我有意光着脚，踩在松软、湿润、略带凉意的土壤上，我感觉我已与大地融为一体。"在以假面示人者太多的当下社会中，真诚之分量是不言而喻的。

不遗余力、乐此不疲地书写自然，是苇岸日记中耀眼的一笔。这一点比《大地上的事情》中对于自然的寻找与捕捉，更加纯粹、简单，更加无须依靠匠心来经营，更加素面朝天。

秋天艳阳高照的日子里，步行二十几里路，苇岸忘却周遭的一切，只知道自己被几种声音淹没。秋蝉的叫声在树上起起落落，草丛里的蟋蟀长鸣不休，还有数不清的声音在心里响动着。新的一年的第一天里，他把穿越田野视为一件大事。离开城市后，他感到从未有过的舒展："这感觉同春天萌动的树木一样，向着四外的空间。"麻雀不吃他撒在阳台上的米粒，令他感觉是"我做过的所有事情上的最大的失败"。踩在任何物品上面，都没有踩在解冻的土地上松软、舒服。苇岸提醒自己，"每天都到土地上走走"。1998 年 7 月 23 日，苇岸在日记里写道："我注视着它们，举着望远镜一动不动。野兔走走停停，警觉地接近我。它们对我视而不见，也许我在它们眼中是一棵树。"如静物一般，不吓跑野兔，为的是把它们看在眼里，和它们彼此陪伴，苇岸于此流露出的是一份平等之心与疼惜之意。他无意中遇到野兔后的举止，不做作、不虚假，恰是一个人天性的真实呈现。当然，在自然面前的虚假做作没有任何意义。

苇岸很在意，而且经常在意过头，故而往往显得有些焦灼。在意、焦灼的是自然界里的种种。而这些与世俗中的功利全然不搭边。干净，是苇岸的标签。他对自己没有太多的要求，有的只是慢慢地写作、思考。对他人没有太多的要求，只是拥有着、相处着即已足够。他对自己心灵有着严苛的要求，与众人格格不入。基于此，《大地上的事情》才会赢得读者的喜爱与赞赏。干净、纯粹、清澈都是它被看重的理由，《泥土就在我身旁》亦如是。

干净指向何方？指向自然和自然中的生命，没有私心，也就没有占有欲，只有保持距离的观赏，忠于原貌的叙述。对大自然众多生灵的牵挂、眷恋，是苇岸日常生活中的深呼吸，呼吸清静与天然。也是静下心，想想与自己同在的它们，在做着什么、想着什么、处于怎样的境地中。

1999 年，是苇岸生命中的最后一年，这一年的日记是他的妹妹马建秀根据他留下的录音磁带整理的。3 月 21 日这一天，苇岸认为自己适合生活在 20 世纪 80 年代以前。这样的认识和体制无关，与自然环境的状态有关。塑料和汽车还没诞生或普及，生存环境大体是有机的，而不是严重污损的、恶劣的自然环境。次日早上九点半后，他外出散步。“我穿过开发区一片待建的荒地，走到了东部的那片果园。我在那儿坐了很久，晒着太阳，看着周围的一切。”这是执着的背影，是令人心疼的背影，也是苇岸留在世纪末的具有象征性意味的背影。

作为自然的旁观者，驻足远处的欣赏只需一份闲心即可。欣赏的只是风景，与生命的悸动毫无瓜葛。敞开心扉，让自然的元素融入生命深处，或是进入它们的精神内部，单凭闲心是无力办到的。闲心是繁忙生活中的调味剂，偶尔为之是其特征。而让自然与生命同在，非凭借长期的修炼不可。修炼之途径有两条：一则观察、行走；二则阅读、品鉴。这样一段两者结合的心路历程，在苇岸的日记里可以清楚地捕捉到。从无到有、从淡到浓、从轻到重，这是其精神世界里的渐变。

诚然，自然是人类汲取精神财富的源头。这是共识。然而在多数人那里却往往只是共识，仅此而已。他们日日做着与自然背道而驰之事。

苇岸在乎的，恰恰是时下众人都不在乎的。这不是我的悲观论，而是基于与现实的对比与反差。把他的在乎归结为对自然和动物的爱，是不够的。因为但凡有爱，总有爱出发的源头。源头之重要性无可替代，便也显示出重要与不重要来。重要的是自我的生命，不重要的是自然的生机。自我与自然一定是一道单选题吗？一定要分出高低与对错吗？

《泥土就在我身旁》是苇岸的青春记录，从二十六岁写到三十九岁，长达十三个年头。

止于不惑之年的生命固然可惜，亦是人力无法挽回的。然而，苇岸令人叹惋不已的短暂生命却因这翔实的记录而显得格外悠长，胜过许许多多人的高寿。除却悠长，还有辽阔。精神世界的辽阔不为年龄大小所限制，它与当下的行走、阅读、思考，以及后续的行走、阅读、思考紧密相关。基于此，这是许多读者的沉静之书。它时刻提醒着你我，时常聆听内心的呼唤是一件必要之事。

生活宽阔无比，长达九十万字的日记，记录下的只是其中的一丝一毫。逝者如斯夫，双手能够抓住的有多少？正因如此，这有限的才是珍贵的，也是理应为读者所珍视的。然而，就是在这厚厚的三大册日记面前，我意识到这篇两千多字的推介与评述不仅不够精要，还显得特别无力。日记的丰富，反衬出我的笔力不逮。故而，如果拙评能够抛砖引玉，把读者唤回书桌前，静静地和这个纯粹、干净的人交谈，那写作的意义便可如一条长河般流淌到很远很远的地方。

迟子建的宁静

因为有迟子建的写作，我才知道这样的一个北国。那里雪花纷纷扬扬，那里林木蓊蓊郁郁，那里空气清清冽冽，那里大山安安静静。那里不是我现实中涉足过的北国，那里是文学意义上的北极村，精神意义上的大兴安岭。

在中国当代女作家中，迟子建是我读得最多、最投入的一位。每次一打开她的作品，我好像就会马上进入一种宁静的状态当中，时钟仿佛也会停滞不前，担心有节奏的"嘀嗒"声会惊扰到手不释卷的我。这种宁静像是大兴安岭的雪花轻盈地在我眼前飘过，又像是山村里的炊烟自在袅袅地升起，更像是走在清幽沉寂的森林里，耳畔只听到自己的脚步声。

为何会有如此感受呢？原因在于迟子建在她的作品中，装着一个原始、淳朴的大自然。在迟子建小的时候，给她留下深刻记忆的是达紫香、草莓、樱桃，是毛茸茸的蘑菇，是被月光映照得皎洁、透明的白桦树，是枝丫纵横的柞树和青色的水冬瓜树，是香喷喷、热腾腾的土豆。我差点忘了，冬日里的村子上空常常飘着纷纷扬扬的雪花，这是总也数不尽的天地精灵。这里是黑龙江省漠河市北极村，从这里走出了一个天真烂漫、不知天高地厚的小丫头。在她的眼里，北极村就是整个世界，整个世界就是北极村。她在亲人给予的温暖中，无忧无虑地成长着，一厢情愿地做着各种各样的梦。

这些梦里有一个不能忽视的小插曲，那就是迟子建的高考作文因为跑题只得了五分，让她只能到大兴安岭师范学校就读。恰恰是这个学校延续了她与大自然亲密的关系。“这个没有围墙的学校直接面对原野、山林和草滩，我在那里才真正地做起了作家梦，这个梦一直延续到现在，将我殷殷实实地包裹着，使我充实而自由地活着。”换句话说，也就是从出生直到大学毕业之前，迟子建一直被大自然拥抱着。迟子建，不仅是双亲的女儿，还是“大兴安岭的女儿”。年少时得到了如此丰厚的赐予，必是一笔可以享用一生的巨大财富。

在自然的怀抱里纵情肆意地成长着，在成长的日子里又怀抱着作家的梦想，让真情汩汩不断地在纸上流淌，逐渐汇聚积攒成独属于迟子建的文学王国。这是多么质朴、多么天然，又是多么博大、多么恢宏的文学王国。迟子建的作品有长篇小说《越过云层的晴朗》《晨钟响彻黄昏》《白雪乌鸦》《伪满洲国》《群山之巅》，小说集《北极村童话》《清水洗尘》《雾月牛栏》。一方水土养一方人，如果没有既净且静的大兴安岭的无私馈赠，文坛是否能够走出这样一个“历经二十多年的创作而容颜不改，始终保持着一种均匀的创作节奏，一种稳定的美学追求，一种晶莹明亮的文字品格”的迟子建是很难说的。我常常为她保有在人生低潮时总要回到故乡的习惯而感到高兴。迟子建说：“我喜欢回到故乡，其中一个缘由是，在乡间路上，我不会为红绿灯左右。”回到故乡，就是回归自然。这是一个真正明了自己精神来源的作家。这样的作家，注定可以收获强大的力量，来支撑她、护佑她的一生。无所不包的大自然教会了她博爱；笔直挺立的白桦树教会了她刚毅；纵情舞蹈的雪花教会了她洒脱；轮转鲜明的四季变迁教会了她勤劳。

博爱、刚毅、洒脱、勤劳这些品质，我在她的人生履历以及她的文学作品中统统可以找到。除此之外，还有两种品质一直是她所有作品的底色，那就是悲悯与眷恋。这就不得不提到为她带来“茅盾文学奖”这一殊荣的长篇小说《额尔古纳河右岸》。这部小说以年届九旬的鄂温克族最后一个酋长的口吻自述,讲述了整个弱小民族顽强抗争的故事。以一曲对弱小民族的哀歌,写出了人类历史进程中的悲哀,并带有对现代文明的深刻反思。对于鄂温克族人,迟子建既包含敬意,又怀抱悲悯,与此同时又小中见大地流露了她对逝去的美好过往的无限眷恋。

读迟子建,特别是读她的散文集,如《我的世界下雪了》《原来姹紫嫣红开遍》《锁在深处的蜜》,我不禁琢磨着,为何她独有一支再现美的笔?而这些美恰恰就蕴藏在日常包围着你我的点点滴滴里。身边的亲人、纯净的空气、青山碧水、宁静的炊烟、鸡鸣狗吠的声音、晚饭后的闲聊,这些故乡里稀松平常的人、物、事,都折射出美好的色彩。迟子建在《会唱歌的火炉》中写道:"现在想来,我十分感激父亲,他让我在少年时期能与大自然有那么亲密的接触,让冬日的那种苍茫和壮美注入了我幼小的心田,滋润着我。"

迟子建从大自然中得来的,通过一册册书籍又传递给了我,不断为我建造起自我的宁静之地。每当我觉得与静谧久违了的时候,我总是要翻看书架上读过的迟子建,或是打开尘封许久的未读的迟子建。

因为有迟子建的写作,我才知道这样的一个北国。那里雪花纷纷扬扬,那里林木蓊蓊郁郁,那里空气清清冽冽，那里大山安安静静。那里不是我现实中涉足过的北国，那里是我文学意义上的北极村，精神意义上的大兴安岭。

时至今日，我终于明白，是迟子建率性的写作成全了我阅读上的任性。“如果我不能置身于鱼群飞舞、星汉灿烂的环境，就让我的心灵抵达那里。我将随着那些方方正正的优美的汉字一同继续新世纪的漫漫旅程。”这是迟子建的自语，也是呈给读者的倾心告白。如此一来，我作为读者，更有理由确信我的这趟美好的阅读之旅是没有终点的。

南帆的真实

南帆——我素未谋面的朋友,他娓娓讲述着当年的往事,让我沉醉不已,回味良久。正如他自己所说:“写作,就是在一张白纸上自由地书写情怀。”

我很喜欢南帆谈论历史的文字,认为他深入历史的骨髓里,拉出其最惨烈最本真的一面,毫无保留地给人触目惊心之感。他像一个高明的导演,用文字铺展成画面,带着温情,又不失冷静,一定格就是一组生动、立体、鲜活的镜头。道光年间,林则徐用“漏风的中国话”命令虎门销烟,又用“漏风的中国话”命令抬出大炮。说着带有福州方言的不标准的中国话,林则徐“只是福州人的乡亲,是我们祖上的一个可爱的老爷子”。宏观的历史叙述总是有意无意地漏掉这些最真实可信的组成部分,而我在乎这些有血有肉的细节。

南帆的文字极具张力,在平淡如水的叙述中给人以无限的想象,又常能留有不绝的余味,这是不多见的大家手笔。《辛亥年的枪声》里,讲述林觉民的妻子陈意映的世界里只有"天井上方窄窄长长的天空",她的世界之外,"历史在很远的地方运行,由丈夫林觉民以及他的一帮朋友操心"。一冷一热、一动一静的强烈对比,让人一眼就能看见两个鲜明可感的世界,让我为林觉民而觉快意。革命之外,他还有一个温暖的小家庭,可以安慰疲惫的身躯和困乏的心灵。《五月天山雪》里,作者到访塔里木沙漠,只见沙漠边缘一大片枯死的胡杨林:"无数干枯的树枝奇怪地弯曲着,如同无数绝望地伸向天空的手臂。"自然界中的斗争,充满不可预知的残酷。绿色被沙漠围歼的一分一秒里,是不是也有痛苦的哀号在狂风中飘过,消失在大漠深处,而愚钝的人类无从谛听?

南帆再现刽子手行刑的场景,让人有一种无法躲避的撕裂感,涌上心头:"有时刽子手功夫不到家,一刀斩在犯人的肩背上,一时死不了,号叫挣扎。"不仅如此,南帆还写道:"人群里旁观的亲属泪如泉涌又噤不敢言。"这样的残忍,经由"噤不敢言"传递到读者的心里,具有非凡的震撼力。南帆向所有后来人提出了一个严峻的问题:对于历史上曾经的惨象,我们该如何面对?对于历史中曾经鲜活的生命,我们该如何言说?

南帆专注于细节。他对细节用心地梳理,有林旭不慎遗落的一张纸片、林旭口中光绪听不懂的福州方言、林纾佩剑招摇过市的情景、林长民速死的瞬间、林觉民狱中的英勇抗争。南帆写道:“我看不见历史在哪里,我只看见一个个福州乡亲神气活现,快意人生。”他在《戊戌年的铡刀》中清楚地写道:“所有的历史人物都是凝固的前辈,以至于人们不再设身处地地想象他们的真实年龄。”林旭的生命止于二十三岁,二十三岁的生命虽短,“还是比许多凡夫俗子多活出好几辈子”。生命中最重要的不是长度,而是深度、厚度,或者说是生命的质量。林旭因信仰而捐躯,视信仰重过生命。臧克家写过:“有的人死了,他还活着。”林旭死了,他失去了自己年轻的生命,反倒拥有了无限的历史生命,在历史的暗夜里闪闪发光。

这是面对历史困局的一种努力,亦是后来者对历史中人与事的感同身受、将心比心的一种体现,如在他乡与故人重逢一般,哀其不幸,悲其不堪,敬其承受生命之重的坚忍。

南帆用心引述并分析曾经有过的传说,认为先辈们“只有在传说中,他们才真正活起来”。林纾婉拒名妓谢蝶仙的心意,展现了自己“有些温情”的一面。在南帆的启发下,作为后来者,我深知这些人物也都是食人间烟火的世俗中人,也曾黯然神伤,也曾痛哭流涕,也曾悲欣交集,也曾嬉笑怒骂。人性之复杂深刻与庸俗平常,在南帆笔下,尽览无余。如此人物,更有打动人心的可能,不会沦为一个生硬空洞的符号。相片中的林觉民,“眉拙眼重,表情执拗,中山装的领口系得紧紧的”。曾通宵达旦写完《与妻书》,呕心沥血、深情款款的林觉民形象跃然纸上。

正如南帆自己在演讲中所说的:“历史散文呈现出历史人物身上各种日常生活细节,使人看到历史的另外一面,正是其独特价值所在。”林觉民因参与广州起义而留名,可如今,他被人记得更多的,反而是在《与妻书》中倾诉衷肠的深情男子。一百多年过去了,激荡的革命情怀已成往事,但书信中情意的浓度至今依然没有丝毫减少。

关注历史细节的南帆,也关注自己生活中的细节,既包括当下的,又包括过去的。点点滴滴的庸常俗事,被他一颗细腻的心,体察着,追问着。在现实面前,他是一个难得的清醒者。

日本之行,南帆置身列车里,半个世纪过去了,“一块巨大的历史伤疤，时时还会发炎，胀痛，不小心就渗出血来”。他穿着日式睡衣在日本家庭旅馆里拍了一张照片，回国后，“我想把照片撕了”，又觉得“难堪是治疗遗忘的秘方”。于是，照片留下了，久久存留于心的是一份历史犹在眼前的沉重。对于现代社会，南帆不无焦虑地提醒人们，科学研究不见得都是有益于人类的，甚至有可能是反人类的，他发出呼喊：“放下屠刀，铸剑为犁，人类必须尽可能使用音乐、绘画、文学或者体育竞赛来对话。”这份清醒，源于南帆可贵的人道主义情怀。作为一个学界中人，南帆并没有躲进学问的象牙塔里，反而强烈地关注现实，用心聆听周遭的声音，或大或小，或清或杂，巨细靡遗。

《读数时代》中，南帆提醒人们：“幸福，善良，正义，勇敢，壮烈，数字又能说明什么？”他又警告道：“如果可感的生活完整地置换为一套数字代码，我们就会跨入一个冷漠的世界。”我想，在这个冷漠的数字时代里，南帆肯定是一个温情脉脉的人吧。在南帆眼中，父亲“是白发苍苍和一张皱纹密布的脸”，女儿“是天真的笑靥”。读者感知到南帆字里行间的炽热情感，内心也会随之温润起来。

那个与巷子里的“水洼”“土墙”“那伙小地痞”“那只

瘦骨伶仃的老狗”厮混在一起的少年，那个在巷子里“撒开滚圆的小腿奔跑”的少年，那个缠着大人讲《水浒传》的少年，如今已沉淀在记忆最深处，时常因为某些触发点回到现实中一下，便再度沉潜，消失得无影无踪。于是，随意见到的一条巷子，会让原本稀松平常的生活产生变调，匆忙行进的脚步也放慢了。中学时的旧时光，“既遥远又清晰”，像是一把神秘的钥匙，打开青春期的闸门。其中，有没钱买鞋的窘迫，有没钱学拳的尴尬，有成为班上语文“王牌”的得意，有饥肠辘辘的灼痛感。南帆插队时，在铁路沿线的田野里耕作，总要与车窗里的旅客对视一番，对于远行的旅客们，“心中涌起阵阵羡慕”。因为在一个十七岁少年的心目中，“远方仿佛总是同自由、浪漫乃至惊险联系在一起”。

那一张床空了，克勤克俭、凄苦辛劳一生的外婆带着笨拙的爱永远地走了，带着遗憾，带着感伤，带着自责，南帆写道：“外婆这一辈子的享受实在太少。”相对于剖析历史的文字，我觉得这些怀人记事的散文更让我产生身临其境之感。有个画面我忘不了：“那天，我在另一个房间和父亲说话，外婆突然清晰地对给她喂饭的母亲说，帆儿长得真高呀！”老人临终时，儿孙围绕近旁，她倾诉着心事，与儿孙商量着料理随之而来的后事。在我的印象中，这个画面大抵是阴暗的，悲伤的，沉闷的，更是无奈的。再浓烈的爱，也唤不回无情逝去的生命。不能自抑地，我也想念我的外婆了，心里顿起悲伤之感。

有情有义的南帆不再隐藏在文字背后，他轻易地走出这本书，走到我的面前来，这个温厚的中年男人，让我在肃然起敬之余，又多了几分亲切感。因为他活得很真实：因一个擦边球与朋友争吵得近乎翻脸；与朋友到茶馆正襟危坐地下棋；承认自己在手机上写短信“慢得可以”；读到侠骨柔肠的诗句，“仍然会朗声长吟，拍案击节”。他并不一味清高，他正儿八经地说起了“钱”。他清楚地意识到，“文学没有能力解除钱的包围”，作家“维持简朴的生活仍然要依赖一定的基本费用”。

“我们是用野性和蛮横对付所有的现实：对付穷困，对付乡愁，对付寂寞和饥饿。”南帆如此回忆知青生涯。知青们可以为了一顿牙祭或一张车票而“大打出手”，这样的回忆虽然会“产生某些难堪”，但很真实。我以为，尽量地还原真实场景，是南帆的追求。这份追求中包括对饱含世俗烟火气之事的尽力刻画与描摹：讲令人害怕的蛇、需要精心照料的金鱼、“家居四君子”、外婆养过的淘气又慵懒的猫；谈儿子的表现与成绩、围棋和围棋高手、乒乓球及乒乓球名将、肆虐的台风、围绕着城市的山、欲存留永久的照片、穿得露出大脚趾的鞋子。

南帆关注平凡生活中的事物，且能在其中发掘出深刻的内涵，予人启迪，发人深思。《瞬间的永久》一文谈论照片，他发现现在的人们“在相片里笑成一团”，而一些老相片之中，“祖父祖母们都是阴沉着一张脸，目光僵硬”。民国流传至今的许多照片里，有许多人的表情不是面带笑脸，有的僵硬，有的严肃，有的冷漠，有的沉重，甚至有更多的含义隐藏在表情里。《虚假的出走》提醒人们，旅游已经失去了原始的意义，游客好像从一个城市出发“到了一个更为拥挤的地方”。因此，我们不再敏感，再也发现不了大自然的美，再也写不出古人笔下那般清丽自然的诗句了。

南帆说：“一个人总得做几件傻事，才算真正活了一辈子。”愿意在书里披露“傻事”的作者，并不一味光鲜亮丽，甚至有几分无奈与尴尬，我却以为知己同道。他对我来说像个大朋友，指点着我如何坚韧地挺过岁月的风雨的摧残。在《消失的巷子》里，他感慨道：“这些片段如今已经变成遥远的传说，如同窗棂上木刻的镂花一样残缺不全了。”幸而有文字可以作为记忆片段的载体，幸而有四十一篇散文结集而成的《辛亥年的枪声》，借助这些兼具学者风采与散文家气质的文字，回到过去，看看那些画面，不也是一种幸福与慰藉吗？南帆——我素未谋面的朋友，他娓娓讲述着当年的往事，让我沉醉不已，回味良久。正如他自己所说："写作，就是在一张白纸上自由地书写情怀。"我的阅读也很自由，随时可以暂停，随时可以重启，无比自在。

孙郁的读书人本色

《往者难追:我的阅读与记忆》可以视为一本杂志和一个学者相拥取暖、互为见证、相伴相随长达二十六年的成长之旅,也可视为孙郁自我精神成长史的阶段性回顾与总结。

孙郁在序言的开头对《往者难追:我的阅读与记忆》一书有精简的介绍:"这本书的文章,都是在《读书》杂志上刊登过的,时间跨度有二十六年之久。"《往者难追:我的阅读与记忆》可以视为一本杂志和一个学者相拥取暖、互为见证、相伴相随长达二十六年的成长之旅,也可视为孙郁自我精神成长史的阶段性回顾与总结。

对学者来说,阅读是记忆的一部分,记忆中充满阅读带来的芳香和愉悦:"我们这些曾经带着寻路之梦的作者,精神有深浅之别,见识有高下之分。但追赶思想的脚步,是不能停歇下来的。"这种话最动人、最有力量,它比那些一味振臂的声嘶力竭不知高明多少倍。一个醉心于学海之中的精神摆渡人，用温婉柔和的口吻讲述他的突围之旅时，听者的心会得到怎样的启迪呢？拥有光明前程的精神回望，对读者来讲是独具吸引力与感染力的。

《未完成的雕像》是关于唐弢《鲁迅传》的评论文章，我并不是头一次读到它，但是我依然逐字逐句地再次通读了一遍。孙郁把唐弢身处老境时的痛苦、迷惑、挣扎，把唐弢在鲁迅传记写作上的愿望、志向、规划，把唐弢在学术研究与艺术创作上的左右逢源、闪躲腾挪，把唐弢在现实与理想之间左右摇摆的心力交瘁、步履蹒跚，均刻画得入木三分。一篇评论文章有如此强大的感染力，并不多见。我只消把文章中的妙语摘出一两句来，便可还《鲁迅传》背后唐弢的三五分模样："文章虽没有浓彩大墨，没有过于感性化的渲染，但这半带考据、半带论述的文体，仿佛他的某些被延长了的'书话'一样，有一种精善秀雅之气。""唐弢以杂文家和藏书家的身份闻名于世，他对笔记文学和版本目录学的嗜好，也渗透在这部传记中。其考据、钩沉、议论、状物的水乳交融的描写，真是漂亮。"

把孙郁提到的作者笔下的一部部书稿堆起来，读者不难可以从中觅得他在二十六年光阴里，从前辈学人与同辈学者身上得到的启发与助益，包括唐弢永不休止的攀登精神、王瑶卓绝超拔的人格魅力、弘一法师的淡泊与自守、曹聚仁的朗然与明快、张中行的怡然自得与悠然自适、高远东的深邃、冲绳文化人的韧劲与坚守、邹韬奋的宽厚与沉着。除了以上这些人物,还有一个人不得不提,那就是鲁迅。鲁迅的渊博、广阔、幽深无时无刻不在影响着孙郁的读与写。不说他研究鲁迅的专业著作,单是这些因闲读而生的文字,皆处处可以看出鲁迅的影子来。在孙郁的世界里,鲁迅早已不仅仅是学术研究的对象,还是他生命的一种存在方式。孙郁说:“鲁迅思想的丰富多样,也导致了他的研究者的多种多样。”正因为如此,他借高远东、徐梵澄、郑欣淼、汪卫东等人的著述大谈特谈鲁迅,我能感受到其心中深藏许久后忍不住汩汩流出的快意。

在读过孙郁的《鲁迅藏画录》《写作的叛徒》《椿园笔记》等著述之后,再来读《往者难追:我的阅读与记忆》,对我来说也有回头看的意味。这是读者与作者的合拍与共鸣。只是我的读不管引起过内心怎样的震动,都不如孙郁几十年如一日的探寻与求索来得刻骨铭心。也许正是孙郁一次又一次甘之如饴的阅读所凝聚成的思想之光,转换成倾泻于笔端的力量,才使我多次被他的神来之笔所折服,深陷其中久久流连,不愿离开。比如在论及曹聚仁和周作人的相通之处时，孙郁认为："在历史的隧道间穿行的时候，他们均有挥洒自如的一面。中国文人，直陈历史时，要么因褊狭而走极端，要么因学识不逮而得之皮毛。像他们这样的人，真真是凤毛麟角，很少见到的。"又比如读赵园《明清之际士大夫研究》后，孙郁纵谈古今后认为："明末读书人喜谈宋的文化，今人嗜谈五四，其实都有遗民的因素。那其实是一种向往和价值的认可，'士'的思想支撑，大约就在这里，其实自孔夫子以来，不满当世者，大多有着复旧的梦。"

这一类趣味与见识兼有的文字，是一般读书人写不出来的。它夺人眼球的光芒闪现在缓缓推进的论述中，让孙郁的文字独具一格。我是孙郁的忠实读者，极喜欢他的作品却没有部部紧跟，只是遇见一部读一部，不拘书的新与旧、厚与薄、内容与体例。读后所得的多与少，是我所不能也不愿计较的。读孙郁不能紧，也不能快。因为孙郁笔下行文如对人倾心讲述，娓娓道来，有一种熨帖之感。如果贪多求快，则会破坏弥漫于字里行间的静气，读得再多都无法入心。遇见一部耐读又好读的书，如遇见一个丰富且有趣的人，通常不会在意从他身上得到什么，倘能在闲聊中忘却时光，就是对读书之乐的最好诠释。

我在孙郁的这部书里，悟到纯粹的学者背后的另一身份是读者，是几十年如一日地在书页间流连忘返的嗜读之人。他品读好书，总能品出书中之好、之美，虽也会指出书中之不足，但那是基于真实情形的考量，且可以引人深思。这样真诚又向上向善的读者兼学者用心写出来的书，怎会不打动读者？

刘荒田是一棵树

如果说刘荒田是一棵树，那么他精简凝练的小品文就是一片片叶子，蓬勃、茂密的绿色叶子。

迟子建曾说过："如果说文坛是一片茂密的森林的话，每个作家都是一棵树。每棵树有每棵树的风光，谁也不可能取代谁。树种的繁复，才使森林气象万千。"扎根于日常生活的刘荒田，在大洋彼岸是一种树，在故土家园是一种树。不管是哪一种树，一定是那种最寻常可见、再普通不过却腰杆挺直、神采奕奕的树。对读者来讲，这种树没有遮天蔽日的浓荫，没有高耸入云的身姿，你可安坐于其下，享用绿荫；也可站立于它身旁，感受相近的高度、相通的气息。

如果说刘荒田是一棵树，那么他精简凝练的小品文就是一片片叶子，蓬勃、茂密的绿色叶子。有人、有物、有事、有情，叶子虽小，却无所不包。既短小精悍，又海纳百川。他新近结集出版的《你能说一天不过么:刘荒田最新小品文》就是树上那绿意青葱之一角,在阳光照耀下,每一片叶子都可以显示出美丽的色彩。

在大千世界里,误会、差异、意外、惊喜无处不在,林林总总,皆可被视为单调生活的变奏。诸多变奏本身是有趣的,耐人寻味的,颇具遐想空间的,进一步把它们视作生活美好之一种也未尝不可。在地铁车厢里和二三十岁的年轻人比拼年龄,他说:"不能'以一当三',但'以一当二'之后,该还可匀出一个'小学生'来。"这种差异本是日常习见之物,在刘荒田笔下却将差异写得意味深长。它不是单纯的年龄大小比较,还让人看见独具个性的不同生命体。岁月与欲望有何关系?于《再老一点点》中,在车里年过七十的老叟七嘴八舌地表达对豪宅的望而却步之后,作者写道:"我听罢,想,岁月比任何法官、选票和政法委都厉害,它不声不响地把人的贪欲收拾了。"蒲公英是一种怎样的物种?在刘荒田笔下,它是深情与绝情并存的物种:"蒲公英是热衷移民的物种啊,开放就是迁移。它的儿女迟早飞离,此刻是母亲和儿女最后的团聚。没有哪种死亡比它更浪漫、更自由,它将转化为千千万万的新生命。"

20 世纪初涌入美国淘金的华侨一心只为衣锦还乡,

作者认为这种念头有其负面因素。首先是容易忽视每日承受的苦难和各种恶劣处境。其次是少有超越世俗功利的思考,市侩气太浓。人皆企望马上成为有钱人,或日后成为有钱人。刘荒田却以为,金钱把人生的充盈与厚实、选择与奋斗的乐趣等诸多趣味,统统剥夺了。

刘荒田之所以深得如此多读者的喜欢,是因为他的与众不同。不是取材的与众不同,而是观察的角度与呈现的方式与众不同。可以说,其实这正是刘荒田成为刘荒田的原因。他常在多数人逗留的地方掘进、掘进、再掘进,直到掘出令人拍案叫绝的深意来,就像树根总是扎根于地底下,且一直往更深处探寻一般。与此同时,这些平凡的事物因为有刘荒田的在场、审视、省思而具备了触碰可感的温度。套用迟子建的话来讲,这就是刘荒田的风格与风光。它在艺术呈现上是独具个性的,在内容指向上是平民化的。因为刘荒田自始至终探究的都是芸芸众生的心灵现状。

巴士上无意中听到"公鸡"啼鸣会引发怎样的联想?三个人闲坐一起为何只是玩手机喝茶并不聊天?呼唤亲人的音量多高最为合适?巴士上各种或移动或站或坐的腿脚分别是怎样的身份?黑人流浪汉是如何在马路旁栽下一棵细叶桉的?作为父亲应该在女儿的记忆中留下怎

样的印象？《枫桥夜泊》为何会使寒山寺成为闻名世界的道场？经由刘荒田的书写，我们不难看出看似平静如镜的水面之下其实有暗潮涌动。也许，相较于平静而言，难以预料的跌宕起伏才是生活的真相。

能在日常生活的书写中写出深意，写出新意，非有细腻之心、锐利之眼、迅捷之笔不可。刘荒田关于日常生活的写作，并非偶一有之，而是接二连三、持续经年，这定然不是“坚持”或“毅力”等词可以诠释的。它应该是一种习惯。于此，别人见到的多半只是皮相，刘荒田见到的却是皮相之下的骨骼、血脉、灵魂。不轻易放过或者说用心审视，也是一种习惯，只不过是内蕴更加深厚的一种习惯。用心审视的习惯支撑起刘荒田持续多年书写日常的习惯。基于此，接通读者之心成为可能。关于日常的书写，必然抹去国界与种族的区别，抹去大洋两岸的漫长隔绝，抹去东西方文化的明显差异。毕竟它关乎人心。

读刘荒田，最真切的体会就是生活是个无底洞，它经得起所有人类个体不遗余力、穷其一生的书写。对作者个体来讲，在不断向外延伸、向内挖掘的过程中，对生活要有足够的敬畏，对人事要有足够的温情，对众生要有足够的悲悯。而这，恰恰是自成一种风格、自成一片风景的前提。读他的文章，我常常慨叹：何以我对这些事情司空见惯、见怪不怪，几近于熟视无睹？为何刘荒田就能瞧出其中的趣味与深意？读得多了，慨叹渐变为悔恨，悔恨又变化为羡慕，既然羡慕，那么每见着他的新文章，就不忍错过。

从体量上讲，小品文确实是小的。然而，小中却蕴含着厚重的精神质地与内涵，因此不可小觑。三十多年来，在小品文写作上用力甚多的刘荒田，已成文数千篇。他作品中的风光已自成一种模样，让喜爱它的读者倍感亲切。因为他的作品中写的大多是日常琐事，是与读者没有任何距离感的。“如非要安慰自己，那就是一直没有放弃文学。”因为喜欢而坚持写作几十年，在刘荒田心中是足以引以为豪的。

刘荒田是文坛里的一棵树，一棵平日常见的树。他不名贵，没有所谓的身价；他不内敛，没有所谓的娇羞；他不狂放，没有所谓的傲气。他是实实在在普普通通的常见树，不仅不惹人注意，甚至常被无视。但是不管你走到哪里，总是忘不了他带给你的亲切感。在流金岁月的频频回眸中，读者总会在这棵树上拾掇到似曾相识的点滴往事。

杨海蒂的还乡之旅

海南是她工作过、生活过、悲伤过、欢笑过的一方热土，是她的第二故乡。海南的热带雨林再辽阔，也是故乡的独特角落。书写即还乡。这种层面的还乡，一旦打开情感的闸门，就没有关闭的一天。

杨海蒂的《这方热土——海南热带雨林掠影》是对海南热带雨林的整体勾勒，丰富宏大却不流于粗疏，壮阔豪迈又不失细致。尖峰岭、霸王岭、吊罗山、黎母山、猕猴岭、七仙岭、鹦哥岭、五指山被她请入字里行间，以独特的风致矗立。在这本书里，杨海蒂既是作者，又是导游，她把热带雨林的自然风光如数家珍地书写下来。然而，她又与一般的导游不同。一般的导游只会一遍又一遍地重复讲解，游客常会心生倦怠或心不在焉。杨海蒂则不，她不“隔”，而是明显地置身其中。她的书写有明显的热爱蕴藏其中，而不是出于职业习惯。

“一只只青涩的小芒果,像一个个害羞的小新娘,挂在一棵棵芒果树上;果实硕大的菠萝蜜,一边开花一边结果,一边还与蝴蝶眉来眼去;芭蕉树很有情调,芭蕉花分开雄雌,更好看的是芭蕉叶。”恍惚之间,我以为在品读充满无限纯真的童话作品,事实上这是在描绘三派村里美不胜收的林木。七仙岭中的苗寨风光如何?“车外一派田园牧歌的景象,夕阳西下,稻田闪耀着金色的光芒,掩映在青山翠竹间的村庄,家家户户屋顶上炊烟袅袅。婉转动听的山歌,乘着夏日傍晚的微风,从雨林深处悠扬地传来。”这描写的不正是陶渊明笔下的世外桃源吗?不,它远胜过世外桃源,世外桃源是虚构的、想象的,而这里描写的是现实中肉眼可见的悠然与宁静。五指山所在的水满乡在杨海蒂眼里如一首笔调清新的诗词。这里有蔚蓝的天空、沁人心脾的空气、枝繁叶茂的树木、姹紫嫣红的花卉、阡陌交错的田野。

《这方热土——海南热带雨林掠影》是热带雨林风物志。海南黑冠长臂猿、金斑喙凤蝶、云豹、海南猕猴、海南鼯鼠皆在书中有独特的富有精气神的动态描写,相对于性情各异的动物们,我更钟情于作者笔下对雨林的描摹与呈现。它们郁郁葱葱、傲然挺立、纵横交错、直插云天,它们是庄严壮阔的存在。是它们,为动物们提供了栖息地;也是它们,把太多无法言说的美好保护得严丝合缝。

然而,读者倘若以为《这方热土——海南热带雨林掠影》摄取的仅仅是热带雨林中的自然之美、原始之美,那就大错特错了。它不是常见的旅游观光手册,而是兼具文化含量与历史重量的读本。

文化含量在哪里?在黎族人居住的由船型屋衍变而来的金字屋里。作为黎族人最古老的民居,船型屋早在清人绘制的《琼黎风俗图》中就有体现,“黎族船型屋营造技艺”已被列入国家级非物质文化遗产名录。诚如杨海蒂所介绍:“金字屋既保留了船型屋的营造技艺,又融合了汉族传统的榫卯结构建筑技术,是黎族民居的更高形式,是黎族的文化标本。”文化含量还在黎母山上流传至今的种种神话传说里,其中最著名的当数南宋时的白玉蟾。他科考不顺、上书落空;他游学四方、无书不读、与朱熹游;他受封于朝廷、思乡心切、羽化成仙,这些至今都为人津津乐道。

对革命英雄事迹的追忆,则显示了热带雨林里蕴藏的历史重量。杨海蒂在吊罗山祭扫陈日光、陈斯安父子的烈士墓,敬献花圈,泪洒衣襟。叩问历史,历史瞬间在现代人心中留下的回响,如散落的光斑隐现在密林里,如飘浮的香气深藏在奇花异卉中,非心思细腻、缜密者不能发现。换言之,走马观花者写不出这样的作品。走马观花者只有眼中所见的景象,没有心中的撞击与震撼,笔下所写必然流于粗糙与表象。

很显然,这本书是带有杨海蒂个人情意的。贯穿在《霸王岭》中的是她和黎族女子阿霞的姐妹情,这份情感绵延二十多年,对霸王岭的记忆鲜活如昨,对霸王岭的牵挂一如往昔。这样的情意不是隔绝读者的屏障,而是让它有更大的走进普通读者心里的可能。

吊罗山的"带头大哥"是谁?云豹。吊罗山的"流量明星"是谁?海南脆蛇蜥。作为体型最小的中国野兔,海南兔长啥模样?"萌萌哒。"豹猫、海南原鸡等一大批国家级保护动物在尖峰岭上的日子过得如何?"很滋润。"这些时不时闪现的字词,带着别样的风趣,更能引发读者强烈的阅读兴趣,消除读者与热带雨林的距离阻隔。对自己笔下的这些生命,不管珍稀与否,杨海蒂皆以平等的视角来看待,没有丝毫俯瞰的意味。她深知,它们是人类在地球上不可缺少的伙伴;她深知,它们是热带雨林之所以成为热带雨林、海南之所以成为海南的重要元素;她深知,不同的生命本无高低贵贱之分。

以"海南热带雨林掠影"为副标题,不是杨海蒂的谦虚,而是她的自知。她自知于笔下所写的仅是其中的千万分之一，她自知海南热带雨林的深邃、丰富、广袤。海南不大，寄身其中的热带雨林却很大很大，因为它拥有的不单单是地理方圆与自然美景，还有除此之外的太多太多。有些可以言说，有些无法言说。出于对海南的留恋，在去北京工作前夕杨海蒂珍藏了一份《海南日报》，报上有七仙岭温泉的报道。海南是她工作过、生活过、悲伤过、欢笑过的一方热土，是她的第二故乡。海南的热带雨林再辽阔，也是故乡的独特角落。书写即还乡。这种层面的还乡，一旦打开情感的闸门，就没有关闭的一天。

邓湘子的父爱

《爱的笔记》是日常成长的笔记，是坚信未来的笔记，是传递爱、收获爱、回报爱的笔记。

邓湘子的《爱的笔记》是一本以爱为源头的散文集。父亲把女儿邓攀从一岁到五岁的成长岁月里一点一滴的琐事，一点一滴地写进字里行间。在书里，他和妻子两人尽心尽意地呵护女儿的成长，并且把女儿懵懂、单纯、可爱、稚嫩的众多瞬间呈现在读者眼前，给人返璞归真之感。

写是铭刻，是记录，何尝不是收获？给予爱的同时，身为父亲的邓湘子何尝不在收获爱？

自知唱歌不好，邓湘子很少唱歌且从不当众唱歌。可是女儿兴起时突然叫“爸爸唱一个”，听到这句话，他有些措手不及。心中有些为难之余，他还是鼓起勇气哼了几句，赢得小听众兼小怂恿者笑声不断、掌声不止。有了女儿，歌声飞进了邓湘子的生活中，原本横亘在他与唱歌之间的隔阂消失一空。

“我已经有几年没登此山了，要不是攀儿坚持，我今天就不会登此高处，在这山巅静坐，放眼间，想远远近近的事。”父女俩一道登山，女儿那一句句稚嫩、清脆的话语在山间回响，她不知疲倦，她充满兴致，她热气腾腾。她有一种活力带着父亲向上、向上、再向上，父亲被她激励着攀登、攀登、再攀登。上了山顶，她钻进矮矮的松树丛中，手里摘了一枝鲜艳的映山红。成年人做事常有保留，常会考量距离之远近、山路之崎岖。小孩子不会，他们认准了的事常能做得酣畅淋漓。

穿着红灯芯绒的邓攀和小伙伴们在双杠下玩，邓湘子坐在跑道边的草地上看书。忽然传来一声惊呼，女儿从双杠上跌落在草地上。“我吃了一惊，跑步去看，却并没听见哭，红灯芯绒在地上滚了滚，爬起来，嘻嘻地笑。”见到站得如同一根桩子的爸爸，邓攀叫了一声“爸爸”，远远地跑过来，气喘吁吁又不乏得意地说：“爸爸，我吊了好久，我长大了噢！”

邓湘子笔下的故事，情节点到为止，没有多余的发挥与联想。读者只需进入故事，便可对深蕴其中的情意了然于心。故事普通，意味深长。勇气、决心、尝试、快乐，这些都是童年时的邓攀真切地拥有过、拥抱过的。只要用心观察与感悟，得到爱、收获爱的小孩子总能返还给爱他们的人以更多的爱、数不清用不完的爱。其实，不是返还，而是加倍回赠。

成年人呵护小孩子成长，小孩子给予成年人童心、童真、童趣，抑或某些精神层面上不可多得的激励。这些回赠之物厚重、深刻、鲜明，常有超乎这些词汇本来拥有的分量，让他们有些沧桑、苍老的心在日复一日的陪伴中得到甘霖的滋润，愈发充满活力与朝气。

懵懵懂懂只是一岁孩童的一个特点。牙牙学语不能全然等于两岁。蹦蹦跳跳三岁是诸多瞬间的合集。自由自在的又何止四岁？向往上学是五岁美好的开始。从一岁到五岁，每一天都比金子还珍贵，都闪闪发光，不可替代。《爱的笔记》是邓湘子悠悠然的书写，如同爱意流淌得缓缓又缓缓，急不得、快不了。一日又一日的爱，散播在一日又一日的琐碎中，因此爱的片段也是琐碎的。读者细品此书，可以鲜明地感受充满童趣的烟火气。基于琐碎的书写，并不意味着浅薄，并不意味着理应被忽视。在时光的流逝之后，其价值才会显现出来。邓湘子的创作，有话则长，无话则短。有的时候，兴致高一点，灵感多一些，就下笔洋洋洒洒，多有铺垫、修饰、想象、抒情。反之则寥寥几行字，言简意赅，如童谣一般。

是笔记，其实也是日记。邓湘子以时间为顺序记，有的日子记，有的日子不记。不记的日子不一定阴郁或乏味、枯燥，有时候只是因为杂事太多、节奏太快；记的日子则必定充满温馨、欢笑、幸福，因此生命有了文字的印痕。

在女儿的成长岁月里，邓湘子将给过她爱护、关心、帮助、温暖的人一一记录下来。这些人无论与邓攀有没有血缘关系，皆心怀柔软与善良。比如给她买来小红灯笼的雷叔叔、乐意当她干爹的陶永喜，还有邓湘子学校的同事和他的朋友们。出生且成长在这样的环境里，邓攀无疑是幸运且幸福的。由此可知，在邓湘子笔下，收获美好的不只是他本人，还有许多与邓攀没有血缘关系的人："孩子天真甜美的呼叫，使交臂而过的陌生人不禁驻足微笑，一下子消除了互不相干的陌生感，平静的心波间仿佛倏然落了一枚精巧的石子，溅起愉悦和美好的浪花。"

没错，邓攀是被宠爱着的，但她不会恃宠而骄，不会要横，如公主一般提各种无理要求。被宠爱的同时，她敞开心扉，主动感受世间的种种滋味，乐意翻阅人间的种种风景。尽管邓湘子坚决反对她独自行走，但她依然敢于想方设法独自走完这一段路程。在她走完之后，邓湘子才意识到："对攀儿来说，却是走进一段又一段延伸着前进着的美丽新奇的人生中去。"有一次,邓湘子看到邓攀手里抓满短短的粉笔头,那是值日生刚刚从教室里清扫出来的。爸爸认为脏,让她赶紧丢掉。她却说,这是给幼儿园的曾老师画画用的,因为曾老师没有粉笔了。听罢此言,邓湘子就蹲下和她一起捡。

为生命增添亮色的一言一行,为日后的成长打下美好的伏笔,这是所有爱邓攀的人鼓励她去做的,也是小小的邓攀自己主动去做的。《爱的笔记》是日常成长的笔记,是坚信未来的笔记,是传递爱、收获爱、回报爱的笔记。

第三辑　阅读的魅力

书店情思

如果说一本书是一盏灯，书的作者是燃灯者，那么聚集着许多书的书店就是一座灯塔。

一

一个爱读书的人，定会钟情于一个如桃源胜境般的所在——书店。每到一个城市，不管是初次到访，还是多次踏足，我总是要抽空去访一访其间的书店。有的书店位于城市中心的繁华地带，因为书的存在而变成一个隔绝喧闹的绝佳去处。店员们的交流轻声细语，读者到前台付款时走过他人身旁，也是轻手轻脚的，怕打扰到他人。然而，这样的书店终归是少数。

更多的书店是在较为偏僻的郊区、陋巷，或是不为多数人熟知的犄角旮旯里。我喜欢这种地方的书店，一路上寻寻觅觅、冷冷清清，寻到之后却是欣喜若狂，有“他乡遇故知”的感觉。陶陶然地沉浸其中，与爱书的店员闲聊，聊某一本书的前世今生，真有一份难得的满足感。离开书店多年以后，爱书人多半喜欢反复咀嚼这样的寻觅过程，因为其中有探险的感觉，像是一次未知的旅行。当然，失望而归的时候也是有的。如此的失望仿佛被当作了日后回忆时辛酸的素材。独自思量时感觉辛酸，可面对众人话一出口，也有几分快意的豪迈。

多少次，我在不经意间觅得了追寻许久的一本旧书，像得了一笔意外的财宝，赶紧付款装进背包里，生怕他人抢去。进书店，我不仅看书，还看人，看那些驻足于书架前，全神贯注于字里行间的男女老少，看他们的侧脸。我喜欢这样的观察角度，有棱有角，仿佛在凸显生命的强度与思考的深度。这是对生命真谛孜孜不倦的渴求。看着他们，一种深深的敬意油然而生，轻轻走过之后，还忍不住回头看他们的背影。他们是许许多多不同的陌生人，侧脸不同，背影亦不同，却在我的心里无声地汇聚成了一个阅读者的形象：高大、伟岸，充满恒久的生命力。

有书相伴的日子，就像沉浸在至亲好友的温言软语中，我的脸上洋溢着幸福感。因而，闲居书房的分分秒秒，都是人生的快乐时光。有朋友对我说：“你的书太多了，都够得上开一家书店了。”听到这样的赞许，我是满心欢喜的。夸我书多比夸我钱多,更深得我心,更可以让我引为知音。即使实体店的书价比网上的高得多,我依然会买下两三本留作纪念,如此才算不虚此行。倘若让收银员顺便在书的末页盖上书店的店章,岂不更能留下一番念想?

每到一个新的地方,我总会忙里偷闲地到书店逛逛。这种寻访更像是一趟探索未知的旅程。对我来说,书店成了一个时常挂在心中的去处。甚至可以说,书店成了我去某一个城市的诱因。书店即城市,城市即书店。泉州的风雅颂书局、杭州的晓风书屋、北京的鲁博书屋、苏州的苏州书城、南昌的青苑书店、上海的香港三联书店都是引人入胜的地方。我记不得有多少次出入地点不同、风格迥异的书店,也许在某一次迈出书店之后,朋友所说那句开书店的玩笑突然在我耳畔回响起来。于是,我就正儿八经地开始设想起未来的我开的书店模样。

首先,它必须是一家人文社科书店,绝不经营任何教辅书籍或是哗众取宠的畅销书。它只卖可以提升人的思想水平与精神境界的书籍,在一个健康发展的社会里,这些书应该都是长销书。古今中外的经典名著、李辉论民国老人的书、刘再复的思想随笔、张新颖的沈从文研究著作、钱穆的史学著作、生活·读书·新知三联书店出版的《钱锺书集》、全国各地地方史志等都在这个范围之内。

其次,这家书店必须是书香与茶香交融在一起的独立空间。茶香与书香一样,都是淡淡的、沁人心脾的。书香有了茶香的伴随,方显悠长;茶香有了书香的衬托,更显雅致。最合宜的茶香,当然是来自本地的铁观音,不显浓烈,又足够醇和,有直达心肺的穿透力。当然,也可以是大红袍或是龙井或陈香扑鼻的普洱。书店不售饮料,在我眼中,它们就像那些花里胡哨的畅销书一样,没有任何文化品位,是急功近利、心浮气躁的体现,迎合的是追逐时髦的年轻人。我的书店,只欢迎那些平心静气的有缘人。唯有平心静气,才能够让精神抵达很远很远的地方。在现代社会中,书店就应该是摈弃一切富丽堂皇之物的清净场所,且尽可能地回归素朴雅致。如果一座城市连书店都沦陷为门庭若市的嘈杂之地,那将是非常可悲的。

只要依然爱书,我开书店的梦依然会继续做下去,它是我传递书香、结交天下知音的一个念想。无须人声鼎沸的热闹,无须高谈阔论的热情,只需在清静之中,让爱书之人沉入文字营造的世界里,这就是书店存在的意义了。

二

如果说一本书是一盏灯，书的作者是燃灯者，那么聚集着许多书的书店就是一座灯塔。特别是在商业发达的现代社会，书店更是一种特立独行的存在，因为它是为了满足人们的精神需求而存在的。

然而，书店于当下社会中处境的困窘，反映出的是许多人已成为物质的奴隶，无暇顾及自己的精神需求。人之幸福，如果没有心灵来呼应，单凭物质的无限丰盛是无法实现的。书店如灯塔般的存在，就是提醒芸芸众生，要给心灵留一片足够休憩的绿荫，幸福才可能如影随形。

这座灯塔散发出的光芒，提醒着我们，每一个与我们擦肩而过的陌生人，都不是毫无瓜葛的。人同此心，别人的歌哭啼笑，都与我们生命中的某一个阶段或某一种情感有相似之处。在书店里，我们常因翻阅某本书而产生共鸣。在书店之外的广阔空间里，我们常因目睹某些人的命运而悲欣交集。书店便是特意为了柔软之心而存在的。在这里，我们静静地咀嚼人世的无奈、痛楚、悲哀，它们貌似寄存在其他血肉之躯里，实则在震动着我们的心。

三

我素来有逛书店的习惯。然而,有时候也只是逛而已,只看不买。现在的书店服务员已经不像许多前辈作家笔下所描绘的那样,把书当作宝贝一般,你只是拿起书来随意看看封面,他也会死死地盯着你看,生怕你弄脏似的。如今许多实体书店是门可罗雀的场所,最怕没有顾客光临,只看不买的过路人对于增添书店的人气,是有不小帮助的。

出版业繁荣,图书市场供过于求,书的地位也就从当初的奇货可居下降为可有可无了。两相比较,实在是不可同日而语。当下阅读的荒凉状况,值得引起人们的关注。然而话说回来,有了如此阅读现状,书不再被高高供起来,人们不必挤破脑袋排长队争相购买一本好书,服务员的目光也不再那么锐利,反而变得慵懒散漫。因此每一回徜徉于书店,在我总是悠然自得的好时光。如果能在书柜的最底下,抑或最不起眼的角落里觅得一本苦寻许久而不可得的好书,这种快乐更是让人喜不自胜。如果是早年生活·读书·新知三联书店版的唐弢《晦庵书话》抑或生活·读书·新知三联书店初版的巴金《随想录》,那更是意料之外的收获呢。

但凡想把一件事情做好,大都要求身心处于放松惬意的状态。徜徉于书店,巡阅于书摊也该当如此,只有保有轻松舒适的心态,才会在被众人忽略的偏僻或隐秘之处,发现闪闪发光的好书。虽然它的容颜已经不再娇嫩,但是那种穿越岁月风尘的精神之光依然可以瞬间抓住爱书人的心。

四

对从来不去书店的人来说,书店仿佛是我私有的绝妙去处。我可以在与他们扯闲篇时,讲述在书店的经历与遭遇,七分平实的叙述,借助想象添上三分的适度延展与夸张,言语中流露出的是扬扬得意。

时不时地,我也会与喜欢书店的友人约好,一起到书店里逛逛、聚聚、谈谈。虽然一路走来相谈甚欢,可是只要一跨进书店,我们就到各自心仪的书架前与书"温存"去了。沉浸于自我世界里的宁静之福,这种感觉在书店里比在书房里来得更加强烈。书店是敞开的大书房,于其间来来往往的人数再少也比书房来得多,因此其安静才显得可贵。

书店毕竟往往不大,喜欢的书也并不集中在同一个角落,因此我和友人的书店行走路线会时不时地交叉。

经过友人的身后，我偶尔会伸手把他打开的书轻轻阖上，看看封面、作者与出版社，满足一下好奇心。对于这份打扰，友人之间不仅不会见怪，反而会会心一笑。这种打扰，是逛书店过程中的小插曲。日暮将至，我们带上早已选好的新书，心满意足地各自散去。

五

范用曾于文章里写到自己在书店里白看书的经历，“一本本看，看完一本再看一本”，读得心满意足。张天翼、茅盾、巴金、施蛰存的书他读过不少。三个店员从不干涉他看书。这美好的成全，为他一生爱书打下坚实的基础。这样的幸运，并非人人都有。

我小时候在书店里偷读，总感觉背后有异样的眼光。因此只好这本翻开读上几段，那本抽下来随意看看，不敢在某一本书中沉浸太久。如此这般逡巡于书柜前，装出不经意的样子，并未起到骗过店员的作用，而我也并未在不付款的情况下，偷读到多少文字。身为学生的我，囊中羞涩是必然的。许多时候，能在书店偷读上几段，已感到极大的满足。

现在的书店则大大不同，并不怕读者来蹭书，就怕读者不来。读者不来，人气冷清。读者来了，只要不离开书店，总有买下的可能。蹭读不正是为日后购买埋下的伏笔？如果蹭读之余，到休闲区坐坐，点一杯饮料“陪”着读，对书店也是盈利之举。时移世易，如今书店经营策略变了，店员心态亦随之改变，偷着读亦成如烟往事。

文心斋语

书从不辜负人，人常常辜负书。人若顶天立地，方为真正的不辜负书。

一

我家在惠安城北，书房是家中的一部分，自然也在城北，我誉之为“北书房”。一路向南是寻找人群，暂时忘却自己，让自己与别人摩肩接踵，让尘世的烟火环绕周身。我虽爱书，却明了尘世的热闹是一种调剂，一种应有的处世之道。一路向北，是从人群中抽身离开，回到家中，回到静寂的独处状态。几年前，蒙江苏兴化姜晓铭兄热心帮忙，请得当地书法家邹昌霖先生为我题写“文心斋”三个字，这三字骨骼清奇，也是我的书房的正式名称。

惠安城南是城区的中心地带，城北则是城乡接合部。从书房的窗户望出去，最远处是山和山上的林木，近处是村庄,可见村庄的巷子、瓦房的屋顶,可听鸡鸣与犬吠。打开窗户,乡村的气息扑面而来,与书房中的一架架书相映成趣、相得益彰。我不想隐居,却喜欢独处。文心斋便是我独处的世界。一个不把书房当摆设的人,必拥有两个泾渭分明的世界:一个是自己的,在书房里或者心里;一个是自己和他人共有的,在书房之外。

真正拥有书房的人,握着一本书的时候,也可以把广阔天地当作一间临时的"书房"。一书在手,心在哪里,哪里便是书房。

二

书房之美在于凌乱,在于一直处在似整理未整理的状态之中。

我的书桌是乱的。昨天请进来的两本书和此前的旧书混在一起,边上又有新的刊物、旧的报纸,偶有急切整理的念头又因疏懒作罢。日复一日,月复一月,书桌之乱便是常态。遇到朋友寄赠新著,铭感于盛情,有急欲拜读的渴念,也会放置在靠近座位的桌面上。

我的书柜是乱的。藏书之分类可以按照作者、国别、出版社来,可以按照是否题签本或签名本,亦可以依新旧来区分。起初,也确实尽量按照这些原则来摆放,然而摆着摆着便觉着，它们并非泾河与渭河那般分明，而是你中有我、我中有你。于是乎，后来的书想搁哪里就搁哪里，随意率性而为。这也许正为日后的翻书酝酿着惊喜？凌乱即参差不齐，无须分门别类。为己所用的书房，图的是方便，非面对公众的图书馆那样要服务于公众。书房图的不是方便，是快乐、有趣、自在。分门别类仿佛一个人整日板着一张面孔，见人就是训诫，逢人便是警示，岂不累乎？

话虽如此，我还是经常在书房里忙得不亦乐乎：把有作者签名的和没有作者签名的分开摆放；把文史类的与教育类的分开放置；把小说、诗歌、散文、随笔按体裁区分开来；把读过和没读过的各放一处。这是我一直在做却一直没有做完的事情。每读完一本书，我就要琢磨着应该把它安放在哪里才是最适宜的。每次都随性得很，因而我的藏书看似安排得井井有条，实则仍旧凌乱不堪。

我是不懂藏书的。藏书家的收藏常有明确的方向，要么指向一个朝代，要么指向一个门类，要么指向一个作者。拥有近万册书籍的我，买书读书从来都是随性之举，少有刻意的时候。即便是收藏一些喜欢的作家的作品，也常常有始无终、半途而废。我收集巴金先生的书已有多年，到六七十册的数量就停滞不前了。人与书之间，讲究的是缘分。

单从藏书的数量和品质来讲,我没有被称作“藏书家”的资格。就藏书的学问来讲,我更是脑袋中一片空白。当身边有人问起我藏书量是多少的时候,我总是不敢回话。我会在心里纠正对方的提问。因为我的书不是用来藏而是用来翻看的。只是翻看得多了,好像有了一种藏的架势。

三

书籍日多,书房渐小。这也是无可奈何之事。毕竟购书之癖难以控制,每次下定决心绝不买书不过是自欺欺人而已。书房空间有限,渐渐窄小自是必然的结果。如此情形之下,我终于下定决心、咬紧牙关换了房子。新书房的面积是旧书房的四倍,分里间与外间。除此之外,家中余下的空间里尚有二十平方米左右,也可用来存放书籍。

在我既不漫长也不短暂的书房史上,这是一个值得铭记的转折点。书房由小到大、辞旧迎新,既可以满足我继续买书的强烈欲望,也让我在宽敞的书房中自在读写的梦想得到实现。旧书房的窗户在西,有夕照。新书房的窗户在北,因位居高层,没有遮挡,可见蓝天、白云,也可见近在眼前的深色的山。

搬书累人。无人帮忙时,我自己搬书。要么用车载,要么用肩扛,要么用手捧。一趟趟,一次次,一回回,无一例外都有沉甸甸的感受。想当初,每日一本地把书带进书房,轻松惬意。而如今,一捆捆带出书房,疲惫繁重。两相比较,我愈发觉得人之兴趣在日常生活中是极具分量的。暑假里,我的学生们来帮着搬过几趟。看着他们气喘吁吁、满头大汗的模样,我深感歉意又有些许欣慰。书籍是知识、智慧、思想、精神的承载者。书籍的重量也许就是知识、智慧、思想、精神的重量?当他们气喘吁吁、满头大汗地把一箱箱的书搬到楼上时,心中想必会有这样的体会吧?这会是他们离开语文课堂多年以后,与书籍之间最亲切、最深刻的一次交集吗?

书房变大,书看起来就显得少。于是,我购书的脚步比以往更加匆忙。开阔的空间,敞亮的布局,令我欲把书柜填满而后快。此时方感龚自珍"拥书百城南面王"的顾盼自雄。我不会一次购买几十本上百本的书。一者囊中羞涩,二者好书需要慢慢挑选。我购买的书尽管现在可能不读,但未来是有可能读的。书如不喜欢,把它请进家中做什么?看着一本本书被请进家里来,书柜中的书从少到多,书房里由冷清转而热闹,每天看几眼而后倍感知足,也是我独有的享受。

四

博尔赫斯曾说过:“倘若有人问我一生中的主要东西是什么,我会回答说是我父亲的藏书室。”换言之,如果没有父亲的藏书,博尔赫斯不一定会走上文学创作之路,不一定会成为一个闻名全球的爱书人。也就是说,家庭阅读的氛围对于博尔赫斯日后的成长起到了至关重要的作用。他于父亲的藏书中得到的精神助益,一定是他一生念念不忘的美好。

身为人父的我,书房中也有不少书。视之为“藏书”有郑重其事之嫌,其实就是因为喜欢读书而买书,一不小心就书满为患了。我的儿子也读书,不过是我带着他翻读绘本。他兴趣浓时会缠着我多读多讲,听到心生好奇之处,他还会发问几句。相较于读书来说,他更喜欢搬书。未满四周岁的他,只能够拉开最底层的书柜门把最下面一两层的书拿出,然后从书房拿到客厅的茶几上平放,覆盖整个桌面。

喜欢搬书的儿子,日后会不会喜欢读书?我不得而知。儿子搬书的画面见得多了,我难免心生奇想:多年以后,他会不会也在文章里写到与父亲的藏书有关的种种呢?

五

坐进书房，我有时候并不看书，只是静静地坐着，就常常觉得自己实在是富有之人。环顾四周，除却窗户，其余三面皆为书墙。书柜顶天立地靠在墙上，便成为书墙。何缘何由，使这些书而不是别的书成为我书房的一分子？何德何能，我竟可以与这些散发着高贵气息的伙伴朝夕相处？

它们是不会嫌弃我的。我给它们安稳牢固的家，不惧风吹日晒，没有尘土扑面。读书，就像我与之深聊，有时赶早，有时彻夜，我们有坚不可摧的情谊。其中有的早已悄然地沉潜在我内心深处，撑起我生命的骨架。

我是不会嫌弃它们的。它们在我与俗世之间竖起一道栅栏，清静宁谧给我，闹腾喧哗给外头。此时，我是孤独的。它们还给予我生气，蓬勃旺盛的生气；给予我清静的孤独，不会被乱象所迷惑；给予我郁郁的生气，可听见生命拔节的声响。

我喜欢看高及天花板的书架。谁的家里有这样的书架，书架上又摆满新旧不一、厚薄不同的好书，我定会对那人投去艳羡的眼神。这样的人是有精神履历的人，他们读过的书、了解的历史、明白的道理都是他们一生前行的保障。在很长的一段时间里，是否拥有这样的书架成为我区分一种人与另一种人的标准。

头顶着天，脚立着地，书架如此，人更当如此。读过顶天立地的书架上的书，应当成为顶天立地的人才是。面对书籍，人拥有选择权与主动权。书从不辜负人，人常常辜负书。人若顶天立地，方为真正的不辜负书。

如此，人方能从书堆里站立起来，方能在书架面前挺直腰杆。徜徉于书海之中，不能为书海所淹没。跪着读书，莫如不读书。成为书籍的奴隶与仆役，实在是对阅读最大的反讽。

业余时间要读书

爱因斯坦说过，人与人之间最大的不同之处，在于如何利用业余时间。一个心怀理想的人，业余时间一定要读书，因为读书是从庸俗迈向高贵的门槛最低的方式。

爱因斯坦说过，人与人之间最大的不同之处，在于如何利用业余时间。一个心怀理想的人，业余时间一定要读书，因为读书是从庸俗迈向高贵的门槛最低的方式。唯有高贵之人，才有可能实现远大的理想。阅读，是一件充满无限可能的事情，也许在遇到一本书之后，你的人生就从此与过去不同了。

读一本书，也许可以修正你的一个想法。读两本书，兴许会无声地润泽你的心田。倘能养成长期在业余时间读书的习惯，它对人生的帮助，何止是“熏陶”二字可以概括的呢？

在一个凡事都要讲究成本的时代，读书所需要的成本是极低的，一本书与一颗安静的心，仅需这两项而已。

沈从文曾经在西南联大做过一次演讲，他说："好作家固然稀少，好读者也极难得！这因为同样都要生命有个深度，与平常动物不同一点。这个生命深度，跟通常所谓'学问'积累无关，与通常所谓'事业'成就也无关。"我以为，这个生命深度与情怀有关。"情怀"是一种高尚的心境、情趣和胸怀。没有情怀的读者，读鲁迅，也许只会读出尖酸刻薄，读不出他天生的悲悯与宽广的仁爱；读巴金，也许只会读出掏心掏肺的诉说，读不出他对自己灵魂一针见血的反省与剖析。

许多人小的时候读名著只是为了了解情节的来龙去脉，长大之后再读往往能读出更多的感受与体会。可以说，情怀渐变的过程，就是一个人精神成长的过程。总的来说，年龄越大，阅历越丰富，人的情怀也就越发高尚深邃。一个好读者的情怀中，最核心的要义就是一颗不为现实利害关系所左右的赤子之心，它是其他一切情怀的底色。

朱熹曾说："耸起精神，竖起筋骨，不要困，如有刀剑在后一般。"读书就是寻找一条前进的求生之路，而且必须找到。换言之，读书就是续命的药丸。刻骨铭心的阅读，注定是人生的一笔巨大财富。对于生活安稳的大众来说,更多是业余的闲读。闲读是生活的一种调剂,调整脚步匆忙的节奏,让它稳重地踩在大地上。闲读是一种补充,为奔波劳碌的心灵充电,让它拥有续航的动力。

阅读的自由与愉悦

唯有自由与愉悦双重标准兼而有之，才能让读者充分感受阅读之美，也才可能让一个认识到读书好的人，变成一个好读书、乐读书的人。

爱书人心中多有属于自己的大师、自己的名著。在西方文学经典中，我尤其喜欢夏洛蒂·勃朗特的《简·爱》、雨果的《悲惨世界》与列夫·托尔斯泰的《复活》。我不厌其烦地给朋友们讲述简·爱、冉·阿让和聂赫留朵夫给我带来的精神震撼。这种精神震撼，在我心中荡开的涟漪，至今没有完全消失。

然而许多人推崇的文学名著，我要么闻所未闻，要么读过不知所云，要么至今提不起阅读的兴趣，比如乔伊斯的《尤利西斯》、列夫·托尔斯泰的《战争与和平》、普鲁斯特的《追忆似水年华》等。如果我也在心中认定它们是名著的话，那我肯定是人云亦云、假话连篇了，因为我并未亲自感受过这些作品的精神魅力。

茫茫书海，不喜欢的我就不读，不必管别人如何夸得天花乱坠。书到今生读已迟，我就读自己喜欢的。倘能从自己喜欢的作品中，收获一己的快意与欢愉，并因之而使自己不断强大起来，已是难得的福分，又何必索求太多呢？凡事欲望过度终归不是一桩好事，阅读欲望的无边无际，不也是人生的困惑？多少次面对所谓“必读书单”的时候，我总是心生强烈的疑惑。这个世间，哪来的必读书呢？像为考试为职业而读的书，是不在真正的读书之列的。“必读书单”带着一张严肃的面孔，说一不二的口气，令人疏远之余，还带着三分畏惧。窃以为，书单其实都是用来推荐的，“推荐”二字带着商量的语气，给人一种灵活的自由度。看不看推荐书单随你，读不读随你，怎么读随你，读后有啥感受更是随你。

因此，每个读者心中都有属于自己的名著名篇，在阅读的人生历程里，不必也不可能苛求读者拥有一样的取舍标准。从这个角度来说，阅读是自由的，任性的，即使是在已有定评的传世经典面前，你也可以读不下去就放下、看不明白就离开。谁也不能强制你把某一本艰涩的名著读完。此时此刻，自由是阅读的外在标准，愉悦是阅读的内心感受。我不喜欢《战争与和平》，即便是列夫·

托尔斯泰本人重生,也断然不能一声吆喝让我停住转身离去的脚步。

人类文明由古至今,从来没有一本写给世间所有人读的书,每一本值得流传的书都会遇见钟情于它的读者。

对中国读者来说,每个人的心中都有自己的四大名著,不必非得是《红楼梦》《三国演义》《水浒传》《西游记》四部长篇小说不可。你如果认为《聊斋志异》与《儒林外史》在你的四大名著之列,又有何不可呢?古人设定的标准与书目,给予我们的不应当是束缚或局限,而应是一种参考与借鉴。这样才能让我们在领略文学风景的同时,抱持一份自由,在与书籍的耳鬓厮磨中渐渐心生愉悦。如此一来,书籍成为生活的伴侣,读书成为生活的一部分,才是可以期待的现实。

唯有自由与愉悦双重标准兼而有之,才能让读者充分感受阅读之美,也才可能让一个认识到读书好的人,变成一个好读书、乐读书的人。在一个好读书、乐读书的人心中,阅读之旅不是短暂的驿站休整,而是每日的沉潜把玩,不读书则心中感到不畅快、不舒服,好像缺了点什么。长久住在一个没有书的地方,他也会觉得是住在一个苍白乏味的空间里,少了人生该有的诗意与缤纷多彩。

思想操练

阅读是生活乃至生命的一部分，它是深层次的思想操练，有荡涤心灵的作用。

从不读书的人，往往惯于维持精神的现状，思想日渐走向偏狭与粗陋而不自知。这样的人，就像孩童在成长阶段从未做过体操，甚至从未进行过身体锻炼一样，其灵魂的健康状况是十分堪忧的。心灵缺乏一个深呼吸的窗口，人之活力也会大打折扣。

爱迪生说过："读书对于智慧，也像体操对于身体一样。"做体操可以舒展全身筋骨、缓解工作疲劳、保持良好心态。对于学习紧张的孩子们来说，做体操有缓解放松之功效，对成人而言读书又何尝不是如此呢？读书，是让人从如机械般运转的生活工作状态中暂时解脱出来，转换成或轻快或惬意或愉悦的状态。未来人生的信心与斗志，常常从不抱任何功利心的阅读中生发出来。

扎堆人群之中的人，日日在喧哗中度过，眼前是庸俗的世相，耳畔是喧阗的声响，想要心静已是难得，哪里可得手不释卷的欣欣然？在一片嘈杂之中，若能从旁人口中听到几句明心见性之言，则是意料之外的福分了。那种难得的精神层面上的满足，或觅得知音之快意，或遇到前辈的激赏，或拨开云雾的明朗，都能让人享用许久的悠悠然。

酒逢知己千杯少，话不投机半句多，生活中的美好遇见，给心灵带来的润泽，是任何人都不能忽视的。然而，与一本好书所带来的影响与震撼相比，它依然显得短暂，如暗夜里的璀璨烟花，如阴霾里偶然瞥见的阳光，一闪即逝。心灵的尘封与灵魂的滞重，岂是三言两语就能完全解锁？因之而激荡开的涟漪，几圈过后就使心池恢复昔日的平静。作为一个普通人，我们既需要智者的言语点拨，也需要书籍带来的精神给养，后者给人带来的是绵密、厚实、源源不断的力量，令人倍感温暖、深刻、厚重，有醍醐灌顶之功，又有指点迷津之效，还可以引领人生的境界不断提升。普希金说过："人的影响短暂而微弱，书的影响则广泛而深远。"

正因为书籍的影响广泛而深远，所以用心的阅读才会是平日里难得的思想操练。偶尔为之的阅读是浅层次的思想操练，但它至少有纠偏的作用，正如一个巨大的力量会让我们正视生活中的错漏与缺憾，把心灵拉回正轨，痛感产生之后，自责与自省的情绪也就必然产生了。阅读是生活乃至生命的一部分，它是深层次的思想操练，有荡涤心灵的作用。天天读书的人，就如天天在与优秀的灵魂对话，始终被一种向善向上向阳向暖的力量牵引着。

我们在人间的烟火气中呼吸吐纳，得真也得假，见善也见恶，识美也识丑。读书就是让原本留存心中的真善美的力量进一步强大，声势进一步壮大，让真善美在与假恶丑的斗争中，稳操胜券且一直立于不败之地。

阅读的变奏

阅读的变奏，正如生活的变奏，时而迅疾如飞，时而舒缓如梦，时而近乎停滞。随着不断变换的阅读节奏，我沉浸于或浓或淡的书香中，如沐春光，如饮醇醪，感受着生活的百般滋味，亦因之而更加坚信：做一个自得其乐的阅读者，实为人生幸福事之一。

阅读是一件有趣的事，之所以有趣，在于它的不拘一格、随心所欲、轻松惬意。阅读的方式也是多种多样的，有精读、细读、泛读、跳读。真正的读书源于兴趣，兴趣浓厚，则可以精读、细读；兴趣由浓变淡，可以先精读、细读再转而泛读甚至跳读；兴趣徘徊于似有若无之间，可以在泛读与跳读之间来回转换。

读书既然源于兴趣，那么图的只能是快乐，因而必然是自由自在，不受外力推动或挤压的。遇到一本不必正襟危坐地品读的书，可以在傍晚的余晖里，跷着二郎腿，手捧一杯清茶，单手随意翻翻，只求对所读之书有个大体的了解。读到稍有兴味的段落，放下茶杯，眼神在妙趣横生的文字中间逗留，倘能于心中泛起波澜，也算是意外的收获呢。泛读的旅程里，也有偶尔的精读，这似乎也是不矛盾的。简短的精读时刻，可以当作长时间泛读的调料，让阅读松紧适度，这无形之中也给阅读添加了几缕摇曳多姿的风情。

翻开一本慕名已久的外国文学名著，如果不是非得从中习得人生的高深哲理或是令自己醍醐灌顶的真知，那么，在逐步推进的精读中也可辅以泛读与跳读。某个章节，枯燥无味，冗长繁杂，那就跳过吧。某些关于建筑物或时代背景或人物的长篇大论的介绍，作者在讲述时好像端起了高高在上的架子，正儿八经如严师一般，像是课堂上传授建筑或历史知识，遇到这样的情况，就赶快逃离吧，从来没有哪一本书是所有人的“必读书”。犹记得中学时翻开《呼啸山庄》，迎面而来的是枯燥琐碎的与人物和情节无关的文字，许多次释卷又开卷，开卷又释卷，最后终于下定决心与它告别。时至今日，终究未再亲近它。与《呼啸山庄》的几次有始无终的接触，在我的阅读史中，是屈指可数的半途而废的阅读。它的名著之“名”，其实于我只是耳闻而已，并未真正领略过。作者写作更多的是出于写作上的考虑,读者的读之感受与体会于他是次要甚至是可以忽略不计的。只有这样的作者才是值得信赖的,他并不讨好读者,只是忠诚于自己的写,这样才会写出让读者喜欢或服膺的作品。但是,为了不影响自己阅读的舒缓节奏与愉悦心情,我们就不要对作者步步紧跟了,倘能保持一以贯之的乐趣,适当地“掉队”也不失为明智之举呢。

阅读的变奏,正如生活的变奏,时而迅疾如飞,时而舒缓如梦,时而近乎停滞。随着不断变换的阅读节奏,我沉浸于或浓或淡的书香中,如沐春光,如饮醇醪,感受着生活的百般滋味,亦因之而更加坚信:做一个自得其乐的阅读者,实为人生幸福事之一。

精神飞扬

阅读，让人暂时觅得一方清静的天地，让你在见证他人的如歌岁月时，达到现实中难得的高度，精神因此而飞扬，而旷达，而辽远，而渐渐不再感伤。

在璀璨夺目的宋词星河里，词风慷慨豪迈的张孝祥给我留下了极为深刻的印象。这个印象来源于他的《念奴娇·过洞庭》，先看他上阕所写："素月分辉，明河共影，表里俱澄澈。怡然心会，妙处难与君说。"再看他下阕的大手笔："尽挹西江，细斟北斗，万象为宾客。扣舷独啸，不知今夕何夕。"这种纵贯天地、横穿古今的气魄，与自然共抒怀抱的气概，是宋词中少有的壮丽景致。

我读了一遍又一遍，每读一遍都会有解精神之渴的感觉。解渴之后再读一遍，又萌生了穿越至南宋与张孝祥把酒言欢的念头。如此豪迈的男子，谁不想与他为友呢？因为赏读这首词，我的神思变得邈远，我的肉身还踩踏着大地，精神却有逐渐飞升之感。词中荡气回肠的句子，让我仿佛幻化出了另一个飞扬超脱的自己。阅读之美，在于使原本单调的人生变得丰富，变得精彩。

清朝顾贞观的两首《金缕曲》也常萦绕在我的心头，它偶尔会从心底浮起，让我忍不住张口吟诵。第一次遇到这首词，我便由衷地喜欢上了。仿佛命中注定必有这么一段漫长的流放、这么一个凄凉的故事，在不远的前方等着我。遇上了就是遇上了，闪不开，躲不掉。“季子平安否？便归来，平生万事，那堪回首？行路悠悠谁慰藉？母老家贫子幼。记不起，从前杯酒。魑魅搏人应见惯，总输他、覆雨翻云手，冰与雪，周旋久。泪痕莫滴牛衣透，数天涯，依然骨肉，几家能够？比似红颜多命薄，更不如今还有……”

命运的播迁，人生的艰难，古人的经历无形中拉近了我和他们的距离，仿佛他们就是我的亲友。多少次品读《金缕曲》，我眼中有泪，湿了眼眶，又不忍落下。我必须怀抱一颗强大的心，才对得起顾贞观坚忍执着的书写。

读鹿桥《未央歌》，我明白了青春的美丽并不是稍纵即逝的，伤感的泪水也并不是一味悲苦的，美丽与泪水，都会成为人生一笔可贵的回忆。读此书，我会不可避免地想念自己的大学时光，与此同时又倍增阔步向前的勇气。青春里有烽火岁月里的 20 世纪 40 年代的记忆，也有承平盛世时的四顾迷茫，因为《未央歌》，我仿佛觉得那不同的青春是我和鹿桥都共同拥有过的。

身处人生低谷情绪失落时的用心阅读，也许是刻骨铭心的。毕业季时，读《未央歌》未尝不是一种精神选择。让我们与饮酒、唱歌、聚餐做个短暂的告别吧，那些并非有错，只是可能让情绪困顿得更深、更无法挣脱。阅读，让人暂时觅得一方清静的天地，让你在见证他人的如歌岁月时，达到现实中难得的高度，精神因此而飞扬，而旷达，而辽远，而渐渐不再感伤。

鲁迅先生曾经说过："真的猛士，敢于直面惨淡的人生，敢于正视淋漓的鲜血。"真正的读书人从不漠视现实，反而勇敢地直面现实，读书恰好成为通往现实的道路。

阅读的魅力

阅读的时候，眼睛注视着文字，正襟危坐，全神贯注地与书本进行精神的碰撞与思想的交汇，这是世间最美丽的画面。

一

阅读的氛围趋静。在周围的喧嚣与吵闹中，这种气氛经常被破坏，由此可见其脆弱。个人的阅读氛围虽然脆弱，然而众人的阅读氛围却有一种强大的震撼力。它的静，散发出不怒自威的气息，让身在其中的人不敢高声言语，行走步履轻盈。最重要的是，成为参与营造阅读氛围的一分子，会让人心生一种幸福感。越是主动积极地参与营造，这种幸福感驻留心中的时间越久。它与功利心没有丝毫牵扯，在漫长的劳碌之后，这种感觉依然鲜明地留存在心中。

其实，完全不读书的人极少，时刻痴迷阅读的人也不多，人群中最多的是时读时不读、时而痴迷时而释卷的人。由此可知，阅读氛围的脆弱与强大是并存的。它与阅读之人的数量多少有关，也与内心的定力强弱有关。对阅读者来讲，众人营造的阅读之境只是短暂的，是偶尔遇见的。个人心中对静读之境的坚守与热爱才是最重要的，否则阅读便无从谈起。

二

阅读的时候，眼睛注视着文字，正襟危坐，全神贯注地与书本进行精神的碰撞与思想的交汇，这是世间最美的画面。二战时期，伦敦附近的荷兰屋图书馆被炸毁后，仍有三位英国绅士在遍地狼藉的空间里，在幸未被烧毁的书架前专心致志地搜捡着、品读着、注视着。在尚未散尽的硝烟中，他们仍保持着衣着讲究。这个画面被有心人拍了下来，成为人类阅读史上永恒的瞬间。刹那间，战争带来的重创仿佛消散一空，唯有文明与知识的火炬依然在人们的心中传递着。拥有这样孜孜不倦的读者，国家与民族才是有希望的。阅读可以点燃一个人的精神乃至生命，从而生发出无限的可能，激发出无穷无尽的战斗力。一个人人热爱阅读的国度会有多么强大的竞争力，是可想而知的。在残存的书页里,定有伟大人物发出的精神感召吧!

唐诗有云:"腹中贮书一万卷,不肯低头在草莽。"可见在日积月累之后,读书会让人更有能力更有勇气地面对这个复杂多变的世界。读书让人挺起腰杆,树立信心。

由此可知,真正的读书绝对不是走马观花,不是打发时间,而是带着对智慧与思想的深厚敬意,并且在它们的引导下,不断地提升人生的精神境界。

三

大千世界缤纷多彩,我因钟情阅读而留恋书香。几年前,当时间被其他琐事占据时,我会心烦意乱,莫名焦躁。我所追求的书香人生,不应被拉拉杂杂的琐事喧宾夺主。不读书时,不管做任何事情,我的灵魂总是不在场。亲人怨言不少,朋友责备多有,我却依然固执地过着我的书香人生。

从单身到为人夫、为人父,琐事、杂事、烦心事日渐增多。我渐渐感受到人在风波里的身不由己。阅读的时间被无情地占据,平日的时间被切割得七零八碎成为必须接受的常态。饶是如此,我却不再焦躁,而是心平气和,坦然接受。书籍让我知道,人生不仅只有阅读、精神、灵魂,还有家庭、友情,还有诸多值得享受和品尝的快乐,以及不得不面对与克服的艰辛。

不管读的时间长短,读的书籍多少,我都会这么用心读着。不必在意他人的眼光,也不必在乎他人的言语,我且读且乐。

四

《楚辞·渔父》中写道:"举世皆浊我独清,众人皆醉我独醒。"这可以视为充满硬气的阅读宣言。读书不就是为了谋取一份清醒吗?不追随众人所趋之大势,不紧跟世人热望的大潮,在阅读中坚持自己的操守。上有星辰日月、清风微雨,心有意气风发、意趣横生,身旁有百鸟争鸣、百花盛开。这种清醒在世人看来是一份迂腐,一种倒退。然而这种倒退是可贵的,因为倒退中有难得的坚守。

坚守自我精神的栅栏与堡垒,是走向成全自我的大道。阅读是众人眼中的倒退,是自我心中的坚守与成全。成全之后方可得心境里的大自由。而这种自由恰恰是人之所以为人,人之所以得到快乐的根本缘由。不读书的人,身处方寸之地,得到的终究是小自由;读书的人,可以瞬间挣脱束缚,直达天涯海角,这是任意驰骋的大自由。岂止是"海阔凭鱼跃,天高任鸟飞"?岂止是"竹杖芒鞋轻胜马，一蓑烟雨任平生”？岂止是“小舟从此逝，江海寄余生”？

多少先哲身处牢狱之中，依然能够得到大的解脱与大的快乐。不管身处何种境遇，他们总能想方设法与自己对话。尽管没有身体的自由，可是他们总是尽力搜罗可以读的书，以求得心灵的自由。阅读，便是跟自己对话，在对话中寻找未知的自己。如此说来，表面看来是回到一己的狭窄世界，实际上却找到了一个永不枯竭的泉源。

五

我们身处的也许是人类有史以来最聒噪、喧闹的对话时代。对话无处不在，对话无孔不入。对话的可怕之处在于让人身不由己地成为对话中的一环，要么传播讯息，要么接收讯息。许多时候，人与人之间不必面对面，即便独处一隅，一个人也可以过得相当热闹。

幸而有阅读的存在。阅读也是对话中的一种，它联系的是一颗安静的心与某些遥远的人和事。所以，阅读与其他情形的对话相比，它是突破身边人群的，它不是切近的，而是遥远的。当一个人经历阅读的“修炼”之后，多半会有一双清澈的眼睛和一颗明净的心，洞察世事更深刻，体察人情更彻底。

由此可知，阅读于现实有激浊扬清的意义。更重要的是，它还能让人清楚地意识到自我和人群之间的关系和界限，在活出自我的同时与人群保持适当的距离，有一颗红尘心却能够出淤泥而不染。可是现实中的多数人以不阅读为生活的常态，日日处于浑浑噩噩的状态，不仅不以为意，有时候还嘲笑读书的人为腐朽、顽固的书呆子。这是多么深刻的讽刺啊！

读者无疆

书籍映射着大千世界的悲欢离合，虽仅方寸之物却可以延伸到无边无际。博尔赫斯说："我们每读一本书，书就变化一次，对书中字义的领略，每次都不同；更何况书籍里满载逝去的故事。"

一

古人的"读万卷书，行万里路"是一种理想的状态。对大部分人来说，二者能够实现其一，已是人生至境。这句古训提醒人们，读书是认识世界最轻松的方式，不必舟车劳顿，不必大费周章，不必辗转腾挪。只需把一本书请进家里来，轻松地打开，即可面对一个精彩的世界。换言之，阅读更像是一场不费力的旅行，无须买票，无须排队，只需开卷，即可到达天南海北，亦可畅游古今中外。从这个角度来说，阅读带有冒险的精神，随着文字的推进，读者随时被带进一个陌生的境地，由于险象环生而心惊胆战，而心跳加速，而欲罢不能。

“在岛的深处，两只很驯良的海鸥围绕我的肩膀飞来飞去，又白又轻盈，像两朵云。……我高兴得如醉如痴，双膝跪地，把手指深深地挖进干燥温暖的沙土。”这是《孤筏重洋》中的句子。人要争得自由，阅读是极好的途径。读这本书，跟随挪威人类学家托尔·海尔达尔从南美洲启程，冒着生命危险，一路漂洋过海到达大洋洲。那种九死一生的经历，不是对庸常生活的奋力突围吗？这是多么可贵的突围！

阅读，是一趟远行，是一次突围。突围之后，可以呼吸到新鲜的空气，可以暂时脱离烦琐又无奈的现状，可以清洗麻木又机械的心灵。精神的突围，可以让自己焕发更为强大的生命力，来应付现实的艰辛与磨难。由此可见，阅读之福，无边无际。

二

阅读是一桩轻而易举之事，但是为何芸芸众生之中有那么多人从不阅读？为何不阅读者在以忙碌为借口的同时，在日复一日远离阅读中高喊“开卷有益”的口号？这是因为阅读并非一种人人具备的能力。

阅读需要宁静。唯静能生思考,唯静可以致远。书香与人世间别的香气之最大不同,在于它是由静派生出来的。内心嘈杂者,不仅闻不到半点书香,甚至视书香如敝屣。

阅读需要孤独。现代人惯于往人群多的地方挤,惯于在人群中寻找共同的话题、近似的声音。这样的人如果读书,也只是假读书,捧着一本书,徒留一个姿势给别人看:“你瞧,我正在读书呢!”

阅读需要广袤的心灵世界。书籍映射着大千世界的悲欢离合,虽仅方寸之物却可以延伸到无边无际。博尔赫斯说:“我们每读一本书,书就变化一次,对书中字义的领略,每次都不同;更何况书籍里满载逝去的故事。”只满足于离奇情节者,怎能品出名著的博大精深?

三

程普在周瑜去世后,曾这么说过:“与公瑾交,如饮醇醪,不觉自醉。”这句话说的虽是交友,然其情状与读书是如出一辙的。交友倘能如程普所言,那么这个友人必得如周瑜那样拥有丰富的精神矿藏,让人有沉醉之感。读得“不觉自醉”,肯定是遇到了一本极其投缘的好书。

陆游的“万卷古今消永日，一窗昏晓送流年”、陶潜的“每有会意，便欣然忘食”，皆属于“不觉自醉”的例子。这种醉，绝对不是东倒西歪的酩酊大醉，而是点到为止的微醺。这不仅没有丑态，还因为有了些醉意而比平日更从容、优雅、淡泊。读书带来的境界提升是不知不觉的。

反过来讲，遇到一本好书就像遇见一个挚友，不必朝夕相处，读后便会记在心里。偶尔翻阅，感觉如初。不曾翻阅的若干年以后，心中时时惦记着，记忆依然鲜明如昨。“不觉自醉”之感，不仅在于读的时候，更在于不读只是心中牵挂的时候。

四

鲁迅在《写在〈坟〉后面》中说过：“古人说，不读书便成愚人，那自然也不错的。然而世界却正由愚人造成，聪明人决不能支持世界，尤其是中国的聪明人。”很显然，鲁迅句中提到两次的“愚人”，有着不同的含义。

第一个“愚人”的含义一目了然。读书可以让人摆脱愚笨，获得知识，拥有文化，渐生聪慧，渐变明达。相较而言，第二个“愚人”的含义则较为隐晦、含蓄。这里的“愚人”是相对于“聪明人”而言的。这个句子里有鲁迅惯用的反语：聪明人的“聪明”是过度的，是走向反面的，是被挖苦、讥讽的。这种聪明是哗众取宠的，是油腔滑调的，是虚与委蛇的，是好高骛远的。那么，“愚人”就不再是愚昧蠢笨之人了，而是脚踏实地、勤劳肯干、稳中求进之人。

后一种愚人不仅不该被否定，反而是值得再三推崇的。有多少人误把欲望当作理想，为了一己私利丢了骨气与尊严？欲望越多，越心猿意马，越心浮气躁。然而有些人日日读书、天天与书相伴，得到书香的润泽之后，依然坚守最初的真我。他们知道“板凳要坐十年冷”的坚持，他们明了“守拙归园田”的自在，他们深深地意识到阅读是不能投机取巧的。读过就是读过，没有读过就是没有读过。读完一篇是一篇，读完一本是一本。阅读之事，可以假装欺骗别人，却无法欺骗自己。

五

读过坏书不见得全是坏事。就像遇到过坏人之后，留在心底的不见得都是惊惧与恐慌。至少在日后会懂得远离坏人，并珍惜身边的每一个好人。读书也是如此。正如朱光潜所说的：“每个人都应该读些坏书，不然，他不能真正地懂得好书的好处。”

读些坏书不是沉溺于坏书的坏，而是明白坏书坏的表现、坏的原因、坏的后果，以便懂得区分坏书与好书。把区分坏书与好书的标准装在心中，徜徉在茫茫书海里，即便无法练就火眼金睛，至少不会双眼迷离、良莠不分。

坏书不可读太多，读过一些便得及时刹车，否则中毒太深、积重难返的话，便难有赏读好书的兴趣与能力了。小孩的阅读不在朱光潜先生言语之列，大人一定要引导他们远离坏书。否则读坏了心灵，则终生难以补救。因为他们没有辨别力，没有鉴赏力，更没有自制力。

六

朋友赠我新著毛边本，我边读边裁，边裁边读，惬意的阅读时光显得优哉游哉。读需静心，裁需耐心。内心浮躁之人，读不下去；急不可耐之人，裁不下去。不读书之人见到毛边本，必定视之为畏途，急欲弃之而后快。

1935 年 4 月 10 日，鲁迅在致曹聚仁的信中写道："我是十年前的毛边党，至今脾气还没有改。"可见鲁迅也是"毛边党"。巧合的是，我头一次购买毛边本恰是在北京鲁迅博物馆边上的鲁博书屋，好几个年头过去了我至今尚未裁读，这大概是因为我不喜好毛边本。但是倘能收到毛边本，我会倍感荣幸。通常与光边本的数量相比，毛边本是极少的。它寄托着作者的喜好，传递的是作者送来的深情厚谊，是值得用心珍藏的。

边读边裁之人，在他心爱的书的世界里，是至高无上的王者。如果书是将军，他就是国王；倘若书是士兵，他则是将军。

“缘”来是书

读书，是一种相遇，遇见书中的文字，是一种缘分。

一

工作的最初几年，我常在小县城的街边遇见摆摊卖旧书的。一次收几本，去的次数多了，竟也收了不少，鲁迅的《两地书》、龙榆生编的《唐宋名家词选》等书至今还摆在架上。它们的纸页已经发黄变脆，我时不时地抽出读上一页或几段，边读边闻岁月沉淀后的独特味道。

读书，是一种相遇，遇见书中的文字，是一种缘分。不读，是担心纸页不留情面地碎裂，看它们就那样默默地立在书架上，也是一种缘分。令人身心获益的书，不是导师胜似导师。

人与书之间的关系剪不断理还乱，有时是卿卿我我的甜蜜，有时是他乡遇故知的惊喜，有时是如芒刺在背的悚然。书缘之奇妙还在于它是没有终点的,一本书里往往隐藏着遇见另一本书的密码与线索。阖上书的刹那,不是阅读的终止,而是在心里埋下了继续阅读的种子。

二

不管阅读的体验如何,我通常会把一本书读完,否则不会轻易打开另外一本书。即使在此书的阅读时间里,又有我期待已久的好书到来,也不会打破这个习惯。好书的到来只会让我更加急不可耐,加快原来的阅读速度。

偶尔遇到一本“食之无味,弃之可惜”的书,越是读到后面,我心中的不耐烦越强烈。一不做二不休,我索性就把那本书扔在一旁,既没有放在书架上,也没有放在未读的书堆里。毕竟,这样的书在我的书房里是没有位置的,因为其数量是少到可以忽略不计的。这个时候我的心情会变得如漫天飞絮一般,乱糟糟的。为了让自己心中安妥,延续自己一贯的读完一本是一本的习惯,在万般无奈之下,我只能把它重新拿起,快速地读完了事。

读完一本书,就是做完一件有意义的事,仿佛身心有暖阳照耀,通体舒泰。读书的体验是与我的心情相互牵绊的,万般可能皆蕴藏其中,因而才让读者有了诉说千言万语的可能。

三

聚精会神地盯着手机屏幕,浏览着网页里各种各样的碎片化信息,时人往往以为这是读书,实则不然,这往往是一种假阅读。虽有阅读的姿态,却无阅读的实质。

假阅读中关注的内容是现代信息社会中的泡沫,读则读矣,读过则忘,如过眼云烟,不会对心灵产生任何的投射,更不用说起些波澜了。仅有的一点好处,就是增加闲聊的谈资。要实现从假阅读到真阅读的转换,最重要的是内容上的变更。真正的读书是关乎心灵、关乎精神的,是沉甸甸的,能够引发思考的。它与现实中的诸多闲杂事务无关,源自心灵深处的一次次震颤,它让人明辨真假,摆脱纷扰,不忘初衷,拥抱本真。

真正的读书应该是面对纸质书,目光投射于字里行间,聆听作者的心声,在不期然中产生共鸣,获得心情的愉悦。与此同时,书香也散发出来,这里所说的书香不仅仅是纸香与墨香的混合,还有心中荡漾开来的精神芳香。

四

《聊斋志异》备受读者垂青,原因多在于书中充斥神鬼精怪,故事情节荒诞离奇,能够让人在与现实生活的强烈对比中，感受到阅读带来的刺激。战争小说对读者所产生的吸引力，也多在于此。不仅仅因为战争是当下多数人难以遇到的，更因为它所带来的画面是苦痛与惨烈的，它所产生的情感撞击是刻骨铭心的，它所引发的思考是历久弥新的。

志怪小说与战争小说的阅读所带来的刺激，体现的正是阅读之美。它们让读者在阅读中产生了更多的可能，在拓宽眼界的同时，也感受到了多样的人生体验，一颗心紧紧地被文字拉扯着，感伤时眼眶蓄满热泪，愉悦时心中绽开花儿，像是藏了一份多年的秘密秘不示人，幸福无边。读一本好书，就像体会了一种别样的人生，进而体会到生命的丰富与深刻。话说回来，其实阅读的刺激，在真正意义上的阅读旅程中，总是不着痕迹且或多或少地存在着。

五

袁枚在《所好轩记》中，将对书的嗜好与对美食、房屋、花草泉石等的嗜好相比，认为“余之他好从同，而好书从独”。何为“好书从独”？应当是说喜欢书属于自已独特的精神体验，喜欢这一本而不喜欢另一本，喜欢书籍的这个方面而不喜欢另一个方面，都是发自内心的自由自在的选择。他人不能反对，也不必赞同。

“书之为物，少壮、老病、饥寒、风雨，无勿宜也。而其事又无尽，故胜也。”袁枚打小就爱书，只是无力购买。入朝为官之后，以薪俸易书，积至四十万卷，藏于书房“所好轩”。袁枚的宣言是真心话，因为他用自己的一生做出了最好的诠释。

“而其事又无尽”，这是袁枚爱书宣言中掏心掏肺的话。书之爱，只会越爱越深。他还连打两个比方，把书比作“严师”与“故人”。严师有训，故人有情，书又何止是书呢？

寻回生命的棱角

阅读，是寻回生命棱角的一条道路。在功利主义大行其道的社会里，它让我们懂得卸掉多余的包袱，并逐渐学会放弃。放弃也是寻回，放弃就是为了寻回。

一

青葱年少时，我们斗过、闹过、哭过、笑过。如今偶尔回想起这些场景，心中装的是满满的欣慰与满足。看似冲动、蛮横，但又何尝不是认准了对的、美的、好的，就决不妥协与屈服？但随着时光的流逝，这股不妥协、不屈服的劲头哪儿去了？阅读，是寻回生命棱角的一条道路。在功利主义大行其道的社会里，它让我们懂得卸掉多余的包袱，并逐渐学会放弃。放弃也是寻回，放弃就是为了寻回。生命的棱角就是人必须寻回的一部分。陶渊明在《归去来兮辞》中写过的“富贵非吾愿，帝乡不可期”，似乎就是给现代人的意味深长的提醒。倘若非要“富贵”与“帝乡”,那么在人际复杂的社会里,圆滑、世故、投机、钻营自是不可免的。陶渊明毅然决定抛弃黑暗的官场,回归清明的田园,就是由外而内,寻回生命的棱角。

二

这是一个读书无用论大行其道的时代。人的脚步如果慢不下来,人的心灵也注定静不下来,那么读书无用论就有了滋生的土壤和空气。既然读书无用,那么又何必读书?既然不必读书,如果对着这类人大讲读书的益处,岂不就是对牛弹琴?

真正的阅读需要放缓速度,既包括身体,又包括心灵。如果身体的运转速度太快,心灵就会疲于跟随,“缺氧”的症状必定出现。因为心灵最合宜、最健康的存在方式是缓慢的,是悠然的,是平静的。阅读的美妙,在于阅读的每分每秒,重在过程的体验与感受,一丝一缕、一字一句传递而来的真切感触与深刻启悟,细腻敏感的读者会视其如生命的再生,其丰富性与完满性是干瘪的词汇所无法穷尽的。

喜欢阅读的人,是深信开卷有益的,也是明了读书无用的。对开卷有益的认同,与对读书无用的明了是不矛盾的。深信开卷有益者,是着眼于长远的精神层面的;认为读书无用者,是放眼于短期的现实层面的。一个饱受经典作品润泽的人,其修养,其谈吐,其气度,岂是日日计较于利益往来的人所能比的?一个阅读者所能深切感受到的是阅读给自己带来的精神层面上的改变,然而,这是需要日积月累的,非一日之读可以实现的。此种改变倘能从精神的层面延伸到现实的层面,那便是顺理成章的。

读书有用与否,因人而异。急不可耐者,读书肯定无用,因为他不舍得把时间花在读书上,更何况享受其中?悠然心会者,读书也是无用的,但是在享受了阅读带来的精神滋润,再经过年深日久的沉淀之后,必有大用。这种大用,何止是考试的过关、职称的晋升?何止是谈吐、修养、气度的提升?它应该是生命质量的飞跃。

三

在我看来,不读书不仅是书的悲剧,更是人的悲剧。项羽就是一个与书无缘的悲剧英雄。倘若他认真读过史书,懂得军事斗争中的虚与委蛇与委曲求全,懂得转瞬即逝的战机对于战争的重要性,也许鸿门宴就是刘邦的葬身之处。读书,会让他在血染沙场的英勇之余,拥有一定的智慧,在不是你死就是我亡的较量中后者显得更为重要。

对于学习，项羽是没有足够耐心的。这样的人，想要在艰难、严酷、漫长的军事斗争中一直保持足够的专注与耐心，几乎是不可能的。他乌江自刎是颇为悲壮的，但这其实也是他缺乏耐心的表现。

环顾当下社会中的许多人，口里念叨着喜欢读书，日常却弃之如敝屣，事到临头才有“书到用时方恨少”的悔恨。紧要关头一过，依旧如往日一般只把对书的喜欢挂在嘴边。

四

对身处和平岁月的读者来说，从书中见识苦难，感受书写苦难的强大意志力，感受跨越苦难的坚韧不拔，是人生的一笔财富。尽管当我们在见识苦难的时候，对于苦难带来的重压无能为力。曹雪芹笔下的林黛玉是悲苦的象征，她寄人篱下的处境与感时伤怀的心境，无不加深了《红楼梦》的悲剧色彩。曹雪芹看到的不仅仅是社会与家族的悲剧，他更明白社会与家族的悲剧也是个人的悲剧。

《复活》中的玛丝洛娃，感情与肉体双重受骗，被赶出家门。她沦入社会底层，成为妓女，被错判流放西伯利亚服苦役四年之久。玛丝洛娃的苦难，让读者无不为之动容。幸好,作者还安排了赎罪的聂赫留朵夫。他的忏悔以及给玛丝洛娃送去的温暖,让我们意识到了列夫·托尔斯泰伟大的人道主义情怀。

这些作家之所以伟大,在于他们对人间大地充满悲悯。他们面对人世的苦难,秉笔直书,不做丝毫的伪饰,不做任何的退让。他们在对苦难的书写中,传递着人性的美好,绽放着人性的光辉。读书不可只是追随着作者,当借作者传递的精神力量,清理自己的精神空间:用悲悯,赶走心中的自私;用温暖,驱逐心中的冷漠;借反省,扫除心中的自大与狂傲。

见识苦难,体会伟大作家如大地般厚实、天空般深邃的悲悯情怀,对读者来说,是开拓生命的深度、延展生命的长度的契机。

辽阔而温暖的去处

书的存在，可以填充人情交际的空间，还可以润泽、指引、升华人情交际。更重要的是，书可以让一颗有些怯懦、惶恐、忧愁的心，有辽阔而温暖的去处。

一

平日里，人太忙，忙得脚不沾地，似整天在空中飘着。工作、应酬、琐事占满身心。心中虽知阅读之重要性，但是总把阅读的时间推给一直到不了的未来。遇到特殊时期，无法出门了，才想起读书的好处来，忽而意识到原来可以读书的时间竟如此充裕，意识到所谓“到不了的未来”其实触手可及。当不幸降临人间大地时，若有幸存者借此意识到某些常被忽视之物的重要性，实可视为不幸之中的万幸。这是严寒中的暖意，尤其值得珍惜。

论及阅读的意义时，钱穆曾说：“我哭，诗中已先代我哭了;我笑,诗中已先代我笑了。读诗是我们人生中一种无穷的安慰。有些境,根本非我所能有,但诗中有,读到他的诗,我心就如跑到另一境界去。”生活中有诗歌,有好书,然而多数人却对身边如此丰厚的财富置之不理,任由世俗的功利心无限膨胀,岂非暴殄天物?书的存在,可以填充人情交际的空间,还可以润泽、指引、升华人情交际。更重要的是,书可以让一颗有些怯懦、惶恐、忧愁的心,有辽阔而温暖的去处。

从今往后,有空时多读书,无暇时少读书。不管多忙多累,我每天总会读一会儿书。与书绝缘,自此成了遥远的不可思议之事。倘能如此,阅读带来的何止是无穷的安慰呢?

二

阅读让我明白,名利是一个人无限接近理想之后的衍生品。不可刻意追求,也无须刻意追求。理想倘若是远大、超脱、潇洒的,那么名利对于这个人来说就不是汲汲以求的,而是不知不觉中经由别人给予的。有之,笑脸相迎,从不逢迎。无之,笑脸相送,从不挽留。因而,心中从来不会患得患失。

阅读让我明白,权势是世俗欲望的主要分支,是人间纷争的主要根源。手握权势者,往往会失去与天地众生平等对话的初心,又岂能在真理面前守住一颗平常心?权势往往意味着自我的与众不同、自我的高人一等、自我的盛气凌人。权势会让人产生争夺的欲望,让人身疲惫,让人心浮躁。

为了摆脱名利与权势的捆绑与束缚,为了心灵的自由,我选择当一个自由自在的阅读者。我与作者之间是互相给予、相互成全的关系。因为他的书写,我有机会成为读者。因为我的阅读,他的书写有了独特的启发意义。这里没有名利,没有权势,只有一颗素朴纯真的心。

三

阅读古典文学的过程,就是与古人精神交流的过程,读者可以由此超越现实的社会环境与自身环境的局限。读过元好问在《摸鱼儿》中关于爱情的千古名句“问世间,情为何物,直教生死相许”,大概会对爱情有了更深层次的理解吧?大雁有情,草木有情,在元好问的启发下,对世间万物会多几分疼惜吧?这是同情心。人是情感的动物,拥有以善意为基础的同情心,是人之为人的前提。正所谓“人之初,性本善”也。

不同的读者,面对同样的经典,是可以读出不同感受的。阅读可以立人。对于成长中的青年而言,如果能够养成阅读的习惯,掌握求知的主动性,那么他们将会收获无法估量的精神财富。夏洛蒂·勃朗特笔下的弱女子简·爱,在黑暗面前不低头,在困难面前不气馁,在金钱面前很冷静,置爱情与亲情于一切利益之上。

以善良为人品的底子,在经典耳濡目染的熏陶下,变成一个勇敢、乐观、进取、谦逊、正直、热情的人,是指日可待的。

四

喜欢读书的人一贯乐于享受清静,但是偶尔也会凑凑热闹,比如逢着“双十一”这样的“购物节”。

买书于我,几乎是日日皆有的举动,因而对这种疯狂促销的美好时光,心中委实期待已久。似乎每一本书的封面都向我抛来媚眼,极尽诱惑之能事,让我非点进去一窥究竟不可。买完周国平的这一本,又看上了他的另外一本,接着又跳出他的最新著作。有的书如唐德刚的《胡适口述自传》,书架上已经有了,可是书如此便宜,我又如此喜欢,岂有冷眼旁观之理?于是买一本新版的收藏,以备他日之需。对于书痴来说,购买喜欢的书籍,可以找出千万个无懈可击的理由。

我是纸质阅读的推崇者,每次到达一个新的城市,总免不了要到书店里去逛一逛,挑几本心仪的书当作到此一游的纪念。然而,这样的购书更多的是精神性、象征性的,所购买的书籍数量在所有藏书中所占的比重几乎是可以忽略不计的。网上书店也是书店,虽然没有置身实体店里那种身临其境的真切感,但是价钱的便宜就是最大的吸引力。读书就像滚雪球,只要一直读着,书的世界就会不断扩大。坐拥书城的渴望,便会随着狂欢节落幕的日益逼近而显得更加强烈。因而,疯狂购书又会迎来再一次高潮。令人苦恼的是,就算一天读一本书,也永远比不上买书的速度。我转念一想,书太多了可能也是一种灾难,以至于我们购买欲太盛,以至于我们无从选择,以至于我们应接不暇。

在狂热兴奋之余,我又会陷入深思当中,网上书店的人潮汹涌与实体书店的门可罗雀是并行不悖地存在的。网购图书的热度,是否暗示着我们,社会的阅读现状正在日趋好转?如果有一天,实体书店真的从大地上消失了,我们该如何再造一个属于大众的精神空间?

生活的恩赐

真正的阅读是一次次荡涤心灵的过程，阅读引领人心通往永恒的秘境，那里凝聚着丰厚无比的真、善、美。

读书人中也有功利心重的，他们往往目的明确，直奔对自己有用的那部分，为的是有朝一日能够直接派上用场。读书好像与文字交战一般，弥漫着浓烈的火药味。长此以往，读书难免成为一场苦役，身累，眼累，心累。在当下与书绝缘的群体中，抱着这种心态的恐怕占大多数。如此一来，读书有何魅力可言呢？

南宋哲学家陆九渊在《读书》中这样写道："读书切戒在慌忙，涵泳工夫兴味长。未晓不妨权放过，切身须要急商量。"陆九渊认为读书要有一番"涵泳工夫"，才能感受到悠长的兴味。遇到好读的书，要细细品味；遇到读不懂的，也可以暂且放过。待到积攒了必要的人生经验之后，回头再读，兴许一点就通了。那种豁然开朗的感觉，恰恰是读书带来的福分。

陆九渊还告诉我们，不管读得懂还是读不懂，读书都要慢慢来，今天没空读两页，明天有空读它十页八页。读书的兴味，重在反复玩味和推敲。最重要的是，真正的好书，传递的是精神的光芒，弘扬的是人格的力量，播撒的是与美有关的点滴，岂是一颗焦灼急躁的心可以领悟的？阅读的世界里，读者与作者之间的关系也是讲究对等的，两者之间倘能达到分庭抗礼的状态是最佳的。作者可以借助文字把精气神恰如其分地传给读者，读者也能充分领略书中的诸多美妙之处。面对这样无声却有力的“对手”，读者如果只是随意翻阅草草浏览，岂不是暴殄天物？

打开一本书，就是打开一扇心灵的天窗，给予自己一个剪除精神荒草的机会。活在世俗的圈子里，整日里与柴米油盐打交道，倘能抽出点时间怀揣一颗闲心，来读一读闲书，领略一番闲情，岂不是生活额外的恩赐，又岂能如急就章一般草草了事？

这份恩赐还在于让快节奏的生活，因为书籍的存在，因为心灵的共鸣而降速。只要是沉浸于书中的人，未有不感受到缓慢与静谧所带来之美好的。在乎心灵之人，自然无暇整顿身外之物，如名，如利，如权，如妆容，如豪车豪宅。他们既是无暇，也是不在乎。他们清醒地知道，雁过留声,人过留心。心,才是一个人真正成为人之根本。因而,耽于阅读之人,通常是拥有自知之明的人。拥有自知之明,并非意味着原地踏步、不思进取,而是不为外物所累,努力提升自己的心灵境界。心灵的富庶与否,很大程度上影响着一个人现实成就的高低。

英国作家毛姆在《月亮和六便士》中塑造了于英国证券交易所工作的经纪人斯特里克兰德这一人物形象,他看上去有一个稳定体面的职业和幸福美满的家庭,却因为在四十岁时迷恋上绘画,突然弃家来到了世外桃源塔希提岛。在岛上,他找到了自己艺术生命所需要的元素,并创作出了表现伊甸园的杰作。

读懂了一本书,就是多活一次人生。真正的阅读是一次次荡涤心灵的过程,阅读引领人心通往永恒的秘境,那里凝聚着丰厚无比的真、善、美。

第四辑　数过满天星

重读的意义

重读是为了回家。初读时圈点批注的痕迹，就是当年走过的小路。回返时，脑海里依稀留有当年的印象，陌生感与亲切感交替出现。循着这些小路，还能遇见当年睹之怦然心动的一幕幕。

阅读像是走路，常常是前进，偶尔是回头的、倒退的。我的重读便是如此。纳博科夫说过："只有重读才是真正的阅读。"他说得未免有些苛刻，仿佛不重读的皆算不得阅读。其着意强调的是，随着阅历的加深，初读时的懵懂会渐次升华为重读时的清澈明了，这实在是合乎情理的。

偶尔重读，我喜读诗词。简要几笔、简单几句，自成一个美好的世界。这是中文可以独步于世界文学长廊的绝技，我若只受用屈指可数的次数，岂不等于遭遇难以估量的精神亏损？如果非得找出重读之理由的话，那就是让它的美好唤醒我心中沉睡已久的诗意。杜耒"寒夜客来茶当酒”的温暖与舒适、王淇“竹篱茅舍自甘心”的自乐与孤绝、白居易“独坐黄昏谁是伴”的宁静与惬意，均是匆忙日子中难得的调剂品。

让生活的脚步慢下来，诗意就有了升腾的可能。重读无须常常，偶尔为之才是尺度的合理把握。如此一来，升腾起的诗意才是恰到好处的清醒剂与助推器。

重读是为了回家。初读时圈点批注的痕迹，就是当年走过的小路。回返时，脑海里依稀留有当年的印象，陌生感与亲切感交替出现。循着这些小路，还能遇见当年睹之怦然心动的一幕幕。对于这些小路而言，没有四季的轮回，没有世事的沧桑，它们总是鲜活如初地待在那里，在当初我撞见之后就一直在那里，在等我这个远方的游子再度归来。它们的痴情令我心生万分不舍，我的冷漠令我悔恨不迭。于情于理来讲，重读都是必需的。重读是温故，却可以知新。故园中的一切虽然熟稔于心，可是总能在不经意间收获意想不到的美与真。

有的书看似很薄，读起来却很厚、很重。有些书如砖头般厚，读起来却发现是注了水的。水一拧就干，只剩皱巴巴的干瘪样。可见，不是所有书都经得起重读的。所以，对于痴迷阅读者来讲，堪称家园的好书注定是不多的，是屈指可数的几本。

重读需要等待合适的契机。逢着契机,重读便水到渠成。打开一本几年前读过的书,是一个充满仪式感的动作。它如同心灵的重新起航,航道是旧的,然而头顶的蓝天白云、岸边的绿树青山,早已不是当年的模样。契机未至,不必着急。重读如果仓促开启,败坏的是自己的心绪,破坏的是对好书的痴与爱。

经典浅议

经典作品就像一口井，一口源源不断地出水的井。经典作品从不浮躁、跟风、起哄，宁静却可以致远。

一

经典必定是深入人心的作品，只是它的深入人心并不是甫一问世就能达到的，而是循序渐进、日臻佳境的。经典初到人间时备受冷遇是很正常的，中外文学史上都有不少这样的例子。它与屈指可数的先行者在人群中的处境极其相似。乔伊斯的《尤利西斯》与路遥的《平凡的世界》均在此列。冷遇仿佛是人世间故意给经典送去的必要考验，非如此不足以考验其成色。

当这些作品依靠独特的艺术魅力和巨大的影响力成为读者心中忘不了的作品时，经典就诞生了。深入人心之后的有口皆碑，是必然的结果。而这种有口皆碑不是随波逐流，而是理性与感性的双重认可。在网络时代里，我们必须提防人云亦云、失去主见的称赞。资讯的发达带来了“伪经典”满天飞的乱象。

不管是起初的深入人心，还是后来的有口皆碑，都必须经过时间之河的冲刷与验证。冲刷过后依然光彩夺目且能够沉淀下来的是金子，而黯淡无光、毫不起眼的就是随波逐流的沙子。

二

走进书店，进门处最要紧的位置，常常是新近出版的畅销书。它们高调、昂扬，有急不可耐的模样，有振翅高飞的架势。经典作品通常不摆放于此，与畅销书相比，经典含蓄低调得多。它们往往默守于不算偏僻也不在中心的角落，静候深沉、稳重的有缘人到来。

与公共场所书店不同，书房是私密之地，经典于此无须低调。它们从来都腰杆挺直地站立在许多人的书房里，且许多是相同的。他有《红楼梦》《悲惨世界》，你亦值得拥有。人心，即考量它们是否属于经典的秤砣。身份不同、背景各异的读者皆为经典所折服、着迷，是其魅力的展现。故而经典著作在读者心目中的位置是极高的，一旦谈起，便是极其慎重、真诚、充满感恩的。

三

在光怪陆离、信息杂乱的现代社会中，读时尚、新潮的书是大多数人的选择。它不仅意味着有话题可供交流，还暗示着自己是走在时代前沿的人。但是读这类书的人越多，趋同的人就越多。吃的是一样的食物，长出来的东西也必然千篇一律。

倘要长成自己的模样，拥有自己的世界，读经典是极好的选择。这些代代诵读的经典是最特异的存在，因其与当下社会的千姿百态保持着较长的距离，才得以给人们带来清新之感。它是浊流中的一股清流，是浊气中的一缕清风。浸染其中，久而久之，人的心中自会生出一股清气。

成全自我是多数人一生的目标，但是成全自我的前提是找到自我。自我绝不在人云亦云、浮躁浅薄的庸俗读物中，它只在生命力永在的经典作品中。

四

经典作品就像一口井，一口源源不断地出水的井。经典作品从不浮躁、跟风、起哄，宁静却可以致远。

有的井水位高，人们只需伸手用水瓢舀起即可享用它的清洌与甘甜。这是通俗型的经典，读者无须多高的鉴赏水平，便可汲取其中的精神养分，助力自我成长。比如唐诗中传诵至今的杰作，骆宾王的《鹅》、李白的《赠汪伦》、白居易的《赋得古原草送别》等作品都在此列。有的水位高到快要溢出井口，只消用手掬起即可享用。这些经典的魅力是明朗清亮的、平易近人的。

有的井水位低，想要把水提出，不仅要用绳索缒下水桶，还要加长绳索的长度。艰深型的经典，不是一眼就能窥其堂奥的，非经历一番咀嚼、品鉴，经过许多回的挣扎与磨练不可。“不经一番寒彻骨，怎得梅花扑鼻香?”走过的路越曲折，有过的痛越刻骨，得到的精神愉悦一定越发难得。这种值得珍视的愉悦，是通俗的经典作品难以带来的。

然而不管水位高或低，待到水面平静之后，人趴在井口，便可在水中看到自己的脸。水面平静仿若人与经典相遇之后得到的陶然与满足，经典的力量已然注入心房。读书的最初用意不是为了读自己，而是借助阅读看清那个真实的自己。

五

不管你在人生的哪个阶段，有怎样的一种心情，经典从来都如一座山一样一直在那里，永远在那里。

经典如山一般巍巍然，人们不管站得多远，都能一眼看到。当我们因有所获而心中倍感欣喜时，不经意间总能在经典著作中读到相似的际遇与美好。当我们情绪低落感觉人生一片阴暗时，常能在经典中看到相仿的命运。它告诉我们，低落之后如果轻易放弃，是不配读经典的。如山一般的经典，可以指引人们摆脱困境。

任凭风吹雨打、电闪雷鸣，经典自岿然不动。如浮萍漂于世间的人，如果没有足够的定力、定性，极易在迷失人生方向后，终生随波逐流。如果能够携带经典作品在人生中前行，日复一日地受其浸染，人的定力就会被点滴培养起来。有真、有善、有美贮藏于心中的人，往往能朝着既定的目标不断前进。

六

“经典”是一个在当下被滥用的词汇。现代出版业的繁荣使得“经典”在短时间内改朝换代、推陈出新。著名作家的新作品问世,在腰封上写着“经典”二字,各种纸质报刊或新兴的自媒体也会跟着鼓吹一番。遇到这样的情景,我总是忍不住自言自语道:怎么会有那么多经典呢?经典岂能成批量地问世?它们是从哪里冒出来的呢?

经典难道不是一个跟时间紧密相连的词吗?唯有经过时间之河的冲刷之后,依然存在于读者心中的作品才算得上经典。也就是说,判断作品是否为经典的最可靠的人群就是读者。作品甫一问世,读者尚未发声,怎么就成了经典呢?这难道不是出版社与书店的一厢情愿吗?难道不是它们虚情假意的广告词吗?

经典作品依靠自身的特质,依靠自我的个性,从泥沙俱下的出版物中渐渐脱颖而出,渐渐走入人们的视线里,夺人眼球,给人震撼。时间是经典作品必然的证人。想起“经典”二字,我常常充满无奈,不是因为那些充满噱头的广告词,而是因为人生太短。正因为此,我们看不到经典作品的一路蜕变。所以只能既无奈又欣慰地回头看,看那些已经熬过时光考验的伟大里程碑。

悠闲，从容，方能得读书之乐

如若那本书非自己所有，而且书的主人又限定了借阅的时间，那么大概在阅读时无法从容、悠闲。唯有悠闲、从容，方能得读书之乐。

一

每本书都有一定的价格，一些已不再版的旧书之价格远远超过新书的定价。除却朋友送的，想要得到书，非花钱购买不可。书也承载着文字组合之后带来的精神价值，特别是在书荒岁月里，它们更是爱书人心中致命的诱惑。

一本书该定价多少，非三言两语说得清楚。但是在爱书人眼中，只要是想得到的书，价格根本不是问题。近日我嗜读沈从文，小说、散文、书信、文物研究札记都在我的搜读之列。既读他的作品，也读别人写他的文字。读完半本买一本，读完一本买两本，读的速度永远赶不上买的速度。看着与他有关的书在书架上挤占的空间越来越大，我的心中充满了快意，脸上挂着抑制不住的笑容。骨气铮铮、大义凛然的沈从文，一犟到底、固执己见的沈从文，心念家乡、深情不移的沈从文，都深深地烙印在我心中。

品读一本书之后所得到的启迪与领悟，实在不是书的价格可以衡量的。走笔至此，我心中暗自庆幸不已：幸好书籍是有价格的，如果它们都是无价之宝，吾辈爱书人哪里买得起呢？

二

吃喝拉撒睡，是人人日常皆有的活动。对我来讲，这类活动，还得加上买书。买书是日常的一种需要，是生活的组成部分。

买书并非仅仅为了读到，读到是买书的目的之一，并非唯一目的。买书是为了让书房拥有更多的书，让我在选择时有更多的余地。书如友，友人多了，自然会生出一种富足感，也让人生多出许多可能。书进驻书房里，要么排好队列，齐整严肃；要么杂乱无章，兵荒马乱。不管如何，皆是备选。

除却备选,买书的目的还在于买书本身。在网上书店巡游,了解某个作者的新作、某个出版社的新书,大体可以了解书业的近况。新作,是新的思考方向。新书,是新的聚焦点和生长点。买书可锻炼人的眼光。同时,可平复躁动的心。书是趋静的、向善的,买书便是通向静与善的通道。

三

清朝的袁枚说:"书非借不能读也。"我倒以为,书非买不能读也。

读书之人常奢望可以坐拥书城,置身其中,闻着书香,智慧的灵光洒满全身。翻开一本,细细品味,有如跟古圣先贤聊天,"从夫子游",他们随口一句,可以让人回味不已。《论语》有云:"有朋自远方来,不亦乐乎,"古圣先贤们从历史的隧道中走来,光顾蓬门,不吝赐教。我和他们交谈日久,有了朋友之谊,在他们生花妙笔的引领下,打开书,进入文字世界,随即踏上了美不胜收的征程。

如若那本书非自己所有,而且书的主人又限定了借阅的时间,那么大概在阅读时无法从容、悠闲。唯有悠闲、从容,方能得读书之乐。简而言之,读书之要义在于一个"慢"字。

读书，常有忍俊不禁鼓掌称快的时候，拿起笔来，加圈点，下批注，写下自己突然而来的感悟，这不正是在行使主权吗？若是他人之书，怎可轻易在书中留下丝毫痕迹，怎能不顾及书主的感受呢？再者说，遇到好书，如我辈爱书人，只是借了一本，总不够快意，非有属于自己的一本不可。否则，总会对它牵肠挂肚魂牵梦萦。

因此，书必须是自己的，一本本排于架上，仿佛一个个挺直腰板等待检阅的士兵，自己则是这路大军的统帅。可进可出，可上可下，全凭自己一声号令，这般任意而为，岂不快哉？

也曾立志读遍

“文字是一道桥梁。这边的桥堍站着读者，那边的桥堍站着作者。通过了这一道桥梁，读者才和作者会面。不但会面，并且了解作者的心情，和作者的心情相契合。”

一

当人们在探讨春夏秋冬各具美妙的阅读时，阅读常有“悠然见南山”的雅趣。然而，读书并不都是悠闲、惬意的，它常常也有悲壮、慷慨、激昂的时刻。这便是阅读情态的不同，也是阅读既细腻又复杂的一面。

我曾立志读遍所能搜寻到的西方经典名著。于是，买了上海译文出版社的雨果、毛姆、列夫·托尔斯泰、大仲马、小仲马来读。开本不大，字体略小，我常常读得两眼发涩、布满血丝，把读这些书视作灵魂的壮游。我常常读得书脊的两边被磨光，实则是把新书读旧、读破。以书的变旧变破来换取灵魂的更新，这样的阅读如攻城拔寨一般。我必须攻无不克、战无不胜，我不能后退，也无法后退。后退的结果只能是灵魂的死路一条。

读完一本书，就是占据一个精神堡垒，其成就感非一般事可以比拟。堡垒的外壳看似有些破旧，其精神内核却是常读常新，永放光芒的。

二

叶圣陶曾说："文字是一道桥梁。这边的桥堍站着读者，那边的桥堍站着作者。通过了这一道桥梁，读者才和作者会面。不但会面，并且了解作者的心情，和作者的心情相契合。"叶圣陶生动形象的譬喻告诉我们，阅读与过桥是有几分相似的。

从桥的这一端走到桥的那一端，是从书的第一页读到书的最后一页，还是从最初的读得懵懂到最后的读得豁然开朗？很显然，这道为了会面的桥梁之长度是因人而异的。有人刚走上几步，就与作者握手言欢；有人走到桥中央，才与作者一见如故；有人走到桥的另一端，才见识到作者的模样，了解作者的心情。这道桥梁的长度与个人的资质、禀赋、机遇、运气、情绪均有关系。

有的人过桥仅有一回，就匆匆离去，徒留背影，这也许是遇见了情浅缘尽的书籍。有的人在桥上来来回回、乐此不疲地走，这大概是遇上了生命中的幸运之书。这本幸运之书，多半是大名垂宇宙的经典著作。因为只有经典作品，才能拥有被反复咀嚼、品鉴的无限可能。

三

路遥曾说过："对于作家来说，读书如同蚕吃桑叶，是一种自身的需要。"读是写的前提，读了方能写，读多了方能写得多、写得久、写得好。有好的被读者喜欢的作品问世，才算是称职的作家。正如桑叶是蚕的食物，吃了桑叶，蚕才能长大，才能结茧，才能化蝶。

这个比喻之所以成立，原因还在于人之嗜读与蚕啃食嫩叶的情态近乎一致。那种专注，那种痴情，养过蚕的人是心知肚明的。看着蚕儿专注于吃，看着桑叶被啃掉一角又一角，那种满足感真如自己读到好书一般。

如果非要在读书和吃桑叶之间找出差异点的话，那就是读书永无止境。写一天读一天，甚至许多不曾提笔的日子里，阅读照样是日课，是作家的主动作为。蚕吃桑叶则不然，它依赖于外界的供应，供应断裂则无美食可享用。

四

我们通过照镜子,可以让自己面容整洁、衣衫整齐。听取别人意见也常被喻为照镜子,可以知得失,为未来的日子找准方向、积蓄力量。阅读也是照镜子,只是照的不是面容,而是精神。这种照镜子,好处有两点。

其一是扬长。在书中见贤思齐之后,为自己心中真、善、美的幼苗提供阳光、雨露、空气,这是它们必需的成长条件。

其二是避短。阅读的过程就是真、善、美在历尽波折之后战胜假、恶、丑的过程。真、善、美与假、恶、丑的较量在心中激荡,硝烟散尽之后的美好停驻,在世间万物中只有书籍能够恒久地带来。

五

有些人平日里从不读书,被人一劝,便心生读书的念头。于是他们就抱着姑且一试的心态,买书来读。他们读书很在乎赚了还是亏了、赢了还是输了。读得止不住地欢喜,便觉得物超所值,是“赚了、赢了”;读得味同嚼蜡,就大呼“亏了、输了”。换言之,他们读书带着赌一把的性质,可能继续读,也可能废书不读。继续阅读者,也有可能在下次或下下次“亏了、输了”之后，与书籍形同陌路。

对这类人来讲，置身茫茫书海中不知做何选择，本就带着几分冒险的意味。读哪一本书，不读哪一本书，全凭运气，皆看机缘，缺乏主观的强烈意愿。一时兴起的念想本就无法持续，遇见不喜欢的书更是把别人的劝读之意抛诸脑后，由此可知，如赌博一般的读书是不可取的。读书要主动而为，要明辨好坏，方能长长久久。

六

在无书可读的年代，好不容易得到寻觅许久的书，品读的每一个日子都如过年一般，如过年一般欢愉，又如过年一般短暂。穿着爸爸妈妈买的新衣服走在乡村的土路上，那种即便别人并不关注也依然由心底生发出的荣光，只有读书带来的美好方能比拟。

当下社会，读书也如过年一般，这并不是因为书的罕见，而是因为阅读时遇到的接二连三的启迪，与过年时收到暌违多年的好友送来的祝福是极其相似的。启迪也好，祝福也罢，在不期然中得到了，它们带来的惊喜是如出一辙的。

在繁忙的岁末年初，如能偷闲读书，实为喜上加喜，何乐而不为呢？

数过满天星

茨威格在谈到阅读给他带来的久违的快乐时，如倾诉心里话一般地说："就像在我头顶上的蓝色天鹅绒般的夜空，每当我试着数星星的时候，总有新的、以前从未发觉的星星闪烁出来，扰乱我计数。"

一

茨威格在谈到阅读给他带来的久违的快乐时，如倾诉心里话一般地说："就像在我头顶上的蓝色天鹅绒般的夜空，每当我试着数星星的时候，总有新的、以前从未发觉的星星闪烁出来，扰乱我计数。"这看似抱怨的话语，其实蕴含着无比巨大、难以言传的惊喜。

在茨威格眼中读书正如数星星，这个绝妙的譬喻，令人过目难忘。它暗含了读者的渺小与稚嫩，读者被比作在夜里数星星的孩子。这个孩子有强烈的好奇心，所以会固执地数着。数着数着,突然又有一颗新的星星跳进眼帘里,让人得到意外之喜。当我们拥着一本好书时,不正是拥有一片无垠的星空吗？那种令人陶醉不已的美啊。但凡小时候仰望过星空的人,都有那种即便脖子酸了也不停下的韧劲呢。星空的浩瀚与辽远,令固执地仰望着它的孩子,痴痴地站着,盯着,像是在行注目礼,小小的心胸也开阔了许多。视线从星空下移开之后,环视人间大地的一切,心境也豁然开朗了。

此时此刻,孩子们还可以尽情地宣泄自己。或开怀大笑,或号啕大哭,或悲喜交加,或黯然神伤,也只有无边无际的星空,才会一直笑盈盈地注视着、包容着孩子们的淘气顽皮与喜怒哀乐。不管孩子们拥有怎样的心情与表情,星星一直在头顶上发出微弱却执着的光芒。就像我们拥有了一本书,厚待它时,欣喜若狂地拥在怀中,视为知己;轻慢它时,不管不顾地随手一扔,视为仇人。书何曾有过骄矜自喜或是甩袖而去的时候？没有。书就像夜空里的星星一样,不管遇到怎样的境遇,都一如既往地闪烁着,有日的暖,也有月的凉。如果或明亮或黯淡的光芒着实打动了你我的内心,那么踮起脚尖把心仪的那一颗摘下来,也未尝不可。说到底,阅读本身就是理想主义之举。

二

我与一些“九零后”“零零后”交流，常常会遇到聊不下去的情况，令人尴尬。他们口中的言辞、笔下的文字，要么满口“新词新语”，说了等于没说；要么“新词新语”点缀其中，难以成句。我这才意识到，并非我落伍，而是因为他们是电视剧、电影以及网络小说伴随着长大的一群人。令人担忧的是，这一群人的精神底座是不牢靠的：惯于哗众取宠、插科打诨，功利心强，是其中多数人的共同特点。

反之，人的成长如能以书为伴，则势必会牢固、稳当、扎实得多。书籍中有伟人的成长轨迹，有名家的思想光辉，有先哲的精神遗产，有圣贤的经典古训。它们就像一双双手，把青少年托起，令其远离时尚与娱乐的泥塘，远离浮躁焦灼的世风，将其带入幽静清亮的美好之境。

以书为伴不应当只是美好愿望，应该成为现实的图景。它需要家庭、学校、社会三方面的合力促成。至少，家长与教师的领读示范作用是不容忽视的。

三

法国作家玛格丽特·尤瑟纳尔说：“我们真正的出生地是那个自己有生以来第一次用智慧的眼睛关注自身的

地方。对于我来说,我的第一故乡就是我的书籍。”她把启蒙自己的书籍视为第一故乡,这是精神意义上的故乡,而非地理意义上的。

精神故乡是提供智慧、思想的源头,行走于人世间互不相识的两个人,他们在回顾自己的精神成长时,极有可能提及同样一本书,比如那些生命力强盛的西方文学名著。然而,故乡虽然一致,但是给予的精神补给与智慧启迪却可能是完全不同的。这恰恰显示出故乡的博大与深邃。

第一故乡所引发的乡愁常常引诱人站在书架旁,把它从书堆里拿出来用心读上几段,虽然尘封却依然熟悉的风景进入眼里,那种亲切感带来的温暖是别的书籍无法给予的。

四

张岱在《陶庵梦忆序》中写道:“因想余生平,繁华靡丽,过眼皆空,五十年来,总成一梦。”他的一生以明朝覆亡为分界线,前半生是一场梦,后半生才是实实在在的人生。然而不管是哪一个阶段,他都堪称不倦读书的典范。经史子集,无不涉猎;天文地理,无不了然。

幸有书籍存在,他一颗追悔莫及的心才有了坚实的倚靠。晚年时尽管穷困潦倒，但他依然坚持著述。如果没有书籍，张岱的晚年便会失去精神寄托。如果没有年少时的痴读，他便不会有晚年水到渠成一般的著述颇丰并传之后世。

张岱的经历告诉我们，阅读是给平凡的人们插上一对可以高飞的翅膀，阅读是为受困于礁石中的小舟送去可以冲出重围的勇气和动力。读出一片天，不见得都是波澜壮阔的，也可以是悠然自得的。这片天可以是头顶的广阔蓝天，也可以是书海中怡然自得的自留地。

五

“阅读，让我们成为移民。”美国诗人弗罗斯特说。他用简洁的言语道出阅读带来的美好。阅读者犹如精神上的移民，但他们不必有护照，不必办签证，只消悠悠然地开卷即可。

读福克纳的小说，仿佛领略了他小小的家乡里大大的风情，读者在开阔了眼界的同时也扩展了心胸。足不出户，却仿佛横跨太平洋到达了风情万种的彼岸世界。司马迁所谓“读万卷书，行万里路”的两种求知方式貌似不同，实质却是一样的。司马迁为了写作《史记》，但凡对他创作有帮助的地方他都去过了，要是不曾去过的，通过阅读几乎都可以到达。如此说来,人间小世界,书中反倒是大世界了。

不囿于一家之见,不故步自封,不自我设限,这是阅读带来的活力。只要执着地读着,便拥有一颗充满无限可能的心。这样的人,胸怀一定宽广。

书梦依旧

想要摆脱现实的沉重束缚，进入一派清明的境地，阅读是通衢大道之一。它把人托举着向上飞，给人一个俯视尘世的高度，让功利心失去其生长的肥沃土壤。唯有心之清，眼之明，才能见万物之真。

一

我曾经做过这样一个梦，在梦中遇到一本书，书中有许多圣者。这是一本我爱读的对话录，对话者是鲁迅和雨果，他们互通对方的语言，彼此对话毫无阻隔。雨果约来福楼拜和巴尔扎克，鲁迅请来林语堂和郁达夫。言语交锋，仿如高手过招，刀光剑影，火光漫天，让人目不暇接。他们还提到莎翁和但丁、周作人和梁启超，像是在介绍自己相熟的朋友给对方认识。

这本书里的人物济济一堂，犹如当年的华山论剑，不分胜负，高山流水之间，一笑解千愁。

我一一记下他们的言语，生怕错过这百年一遇的请教之机。我把这本书置于书架最中心的位置，因为它左右逢源，悲欣交集，华枝春满。这样的书，若没有收归帐下，怎能得陶陶然的读书之乐？

如此，我才可以常常抚摸它光滑的封面，享用它沁人心脾的香气，亦可以时时体味它动人的文字。梦过以后，站在书架前的那一刹那，我恍然大悟，那本奇特的书不是已经幻化为这架子上所有的书了吗？它们仿佛就是它的子子孙孙啊，一脉相承，生生不息。它们带着青春的面孔，欢呼雀跃，散发着朝气，让我经常伫立于前，于长吁短叹中渐渐领会生命的真谛。

买回一本本书，就像把一个个挚友请进家里来，可得“万卷古今消永日”的悠游之乐。多年以来，我常常深陷其中，“不知东方之既白”。

时至今日，不睡的时候，我还时常做着类似的梦。这本书只要不曾来到手上，这个梦就没有彻底消失的一天。

二

想要摆脱现实的沉重束缚，进入一派清明的境地，阅读是通衢大道之一。它把人托举着向上飞，给人一个俯视尘世的高度，让功利心失去其生长的肥沃土壤。唯有心之清，眼之明，才能见万物之真。

人是情感的动物，然而现实中陷入物欲泥淖中不能自拔，视情为敝屣、视情若无物的人比比皆是。聂赫留朵夫在觉醒之后向玛丝洛娃忏悔，愿意用实际行动来赎罪，这便是他察觉到了情之可贵、人之平等、爱之永恒。品读《复活》，不正是一席直击灵魂的精神盛宴？

这样的盛宴不必也无须每日享用，偶尔的一次，已是刻骨铭心的洗礼。摆脱过往的怠惰、荒废、阴暗，迎来的是灿烂的阳光、雨露、清风，阅读便有了令人重生的意义。这样的意义，一般的书籍是无法给予的，非得是经典不可。它们为人类的精神打底，它们牢牢占据着人类精神的制高点，它们中的每一本都是真、善、美的化身。

六便士固然是需要的，否则衣食住行便没了依托。但是人类不能因此忘记了那一轮高悬在天际的明月。物质上一时的满足感很快便会消逝，而精神上的愉悦与欣慰，总能够沉淀于心，回味无穷、历久弥新。所以，这种重生不是浅尝辄止，而是一而再，再而三地除旧布新，让灵魂一直处于一种激昂的状态中。

三

借出去的书回到书房里，真有倦鸟归巢之感。它的出借，本不在其既定的生命轨道里，故而于它有疲于应付、艰难辗转之苦。也许是因为主人爽快答应，也许是因为来访者青睐已久，它离开自己落脚多年的家，到了陌生之地。

可以归巢是一种幸运，源于借书人的信守约定。借书人把它视为精神载体，视为连起友情的桥梁，视为爱书人之间的同声相应、同气相求。可以归巢是一种幸福，正如在外流浪许久的人返回牵挂许久的家。书虽无言却有满腹心事。借书人是宠之爱之，还是抛之弃之，它心知肚明，有一肚子的故事可以诉说。

四

人类学家夏鼐在清华读书时曾说："我的念书成了瘾，用功这字和我无关，要克制欲望以读书才配称用功，上了瘾的人便不配称用功。不过我的读书瘾是喜欢自己读书，不喜欢有教员在后面督促着。"成瘾的读书倘若有人督促，就像天生丽质却浓妆艳抹，不仅失去本真，也失去味道。

念书成瘾是一种纯粹的喜欢，不为任何功利目的，不被外界纷扰影响。只要得了空闲，就会和书相伴，无须克制欲望，一切自然而然。如果说有欲望的话，那么嗜读就是最大的欲望，不仅不被他物外人所影响，更不会在乎读后是否可得任何好处。

成瘾的读书不会成为向人夸口的事，或者说它根本也不算事儿。它就是如此熨帖、柔软地安慰着在红尘里奔波的心，如此亲密无间地融入日常生活中。天知、地知、我知即可。

五

阅读为何会在当今社会呈现日益荒漠化的趋势？原因之一在于阅读是难度极大的沙里淘金，令原本有阅读念想的人望而生畏、退避三舍。在出版业泥沙俱下的今天，茫茫书海中何去何从，是普通读者必须首先面对的问题。因此新书排行榜、畅销书十强、年度十大好书等榜单的存在才有其现实意义。不少人正是在这些榜单的影响下，越读越不知所措，最终被大众趣味裹挟着，既品不出书的滋味，也不可能读出自我。

阅读是用自己的心和眼去选，选真正喜欢且打动自己的书来读。读后有所得是筛选之后的沉淀,沉淀于心,不被流逝的时光冲刷,渐变成生命的特质。沙里淘金之所以难度太大,原因在于沙子太多金子太少,不仅需要眼光,还需要耐心和毅力。否则只能望沙兴叹,理由充分地弃书远去。

世间好物倘能唾手可得,人生岂不成了儿戏一场?如果随意读烂书、坏书,能使心灵愈加美好、丰硕,古往今来怎会有那么多与阅读有关的名言警句?它们要么掷地有声,要么引人入胜,要么深情款款,要么情意绵绵。正因为过程美好,收获不易,得到之后才会情不自禁地把快意与幸福倾泻于笔端。

人求上进先读书

读书本身就是一种纯粹的快乐,读书所带来的提升还在于目睹周遭以外的广阔人世间。它既是表象的,更是内化了的。我们正当壮年时,目睹小孩的奔跑,聆听他们的欢笑,注视老者拄拐行走于夕阳余晖里,在在都是生命的壮丽与伟岸。

一

李苦禅说过:“鸟欲高飞先振翅,人求上进先读书。”鸟拥有翅膀才能高飞,正如人要读书才能上进,才能飞翔。飞翔是提升自己,让自己从原本的狭隘逐渐走向宽广。

于是,就有了格局,有了气度,有了襟怀。金钱不是万能的,嫉妒是万万不能的。人不能陷在物欲的泥沼里,更不能让一己的狭隘阻止自己的成长。在书的濡染下,人就不会斤斤计较于一时的得失,而在乎是否能够得到生命最本真的快乐。

读书本身就是一种纯粹的快乐,读书所带来的提升还在于目睹周遭以外的广阔人世间。它既是表象的,更是内化了的。我们正当壮年时,目睹小孩的奔跑,聆听他们的欢笑,注视老者拄拐行走于夕阳余晖里,在在都是生命的壮丽与伟岸。

然而读书给人带来的提升又何止这些呢?它是一个无穷无尽的话题,对所有前进着的生命来说,终其一生,都在为之做着坚持不懈的努力。

二

读书,是给疲惫的心松绑,让它放松,寻找到可以休憩的绿荫,享受暖暖的阳光和悠悠的白云。读书,是返老还童术,拖住岁月的脚步,让老迈的身躯焕发年轻的神采,让时间的利刃不那么锋利。读书就是驻颜术,它胜过许许多多的化妆品。

一个人的长相不管是英俊的、普通的,还是丑陋的,他的心中都有一颗爱美之心,就像卡西莫多爱恋埃斯梅拉达一样。读《巴黎圣母院》,就是提醒自己不可忘记爱美之心,不可抛弃对美丽世界的好奇与神往。拥有一颗爱美之心的人，会时时刻刻让美的源泉来滋润自己，让心灵永远郁郁葱葱、生机勃勃。

《西游记》展示的是一个与日常生活截然不同的世界，有世道轮回的因果报应，有精诚所至，金石为开的执着，更重要的是有一颗直来直去、心无挂碍的赤子之心，有一种生命不止、战斗不息的抗争精神。从在吴承恩笔下出现至今，孙悟空一直是那个蹦蹦跳跳的孙行者。行者无疆，他是一个永远年轻的英雄形象。

因而，阅读《西游记》是让一个浪荡不羁的英雄奋力举起金箍棒，替我们掸去心灵的尘埃，洗去精神的污垢，拂去岁月的沧桑，还一个心明眼亮、步履矫健的自己。

三

一个人从无书可读的精神困境中挣脱出来，忽地被时代裹挟着，进入了有书可读的新时代，那种情不自禁的窃喜是不言自明的。好像他们是久居内陆的人，终于来到了期待多年的海边。海上有风浪，海里有鱼，海边有贝壳，眼前所见真是一个神奇的世界。

此时此刻，最适宜他们做的是什么事呢？拾贝壳呗。这时的读者，就是海边拾贝壳的人。乍一见，见到的仿佛都是宝，收了满满一箩筐，堆满家中的所有角落。眼见着,心喜着,浑身上下都散发着幸福的光芒。

有时读者在废寝忘食,不分昼夜地阅读一番之后,发现有些书籍并不如传说中那般美好,不仅不美好,还金玉其外,败絮其中。这些书籍就会被丢弃。在这个不断循环的过程中,读者不仅充盈了自己的内心,也练就了自己择书的眼光,在泥沙俱下的时俗面前坚守己见。由此可见,阅读实在是一桩非常美好的事。也许有朝一日,还可以拾回几颗可以光照一生的珍珠呢。

四

身处快节奏、信息爆炸的网络时代,绝大多数人要么身不由己缴械投降,要么陷入其中热情参与。只有极少数的人,能够在时代大潮中保持清醒,认准人生的航向,不倦前进。这些人身上有一个共同点,那就是他们身上携带着一种独特的护身符——书籍。

即使偶有偏离的时刻,也能够很快返回正确的航道。此时此刻,书籍是无处不在的严师,它用锐利的眼光、谆谆的叮嘱与告诫、无微不至的关怀,慈爱却又严厉地把人心从歧路上拉回来,让你不敢轻易放弃人格与道德的底线。

对于生命来说,阅读可以减少名利与金钱对人心的腐蚀，让生命处于最清澈最安宁的氛围里。在这里，书既是护身符，也是清醒剂，它可以让人在日益深陷的迷途里，找到来时的路，找回最初的心。

五

许多次，在我深陷记忆中的时候，是一本又一本曾经耳鬓厮磨过的书从眼前无声滑过。它们仿佛从来不曾与我失散，也从来不曾尘封，依稀如当年与我初次相逢时青涩鲜嫩的模样。

记忆是一个有别于现实的世界，有各种各样的声色气味，有人影憧憧，还有外界压力带来的伤痕。新的伤痕到来时，我会习惯地躲进书的世界里，它是印象深刻的《德伯家的苔丝》，是已然模糊的《双城记》，是至今不曾读完的《呼啸山庄》，或是别的我不记得情节的名著。印象或深或浅，记忆或浓或淡，我牢牢地记住了书是慰藉，是温暖，是我记忆里的光。当初，是它给了我重新出发的勇气；而今，是它像一束光芒照亮了我记忆里许多曾被遗忘的点滴。

这些伴随我成长的书中，有几册还在我的旧书架上尘封着。我很少去翻阅它们，它们虽然只是静静地躺着，却不能否认它们曾经给予我的鞭策与鼓励。

上了一叶扁舟

书籍的存在体现了人类的坚持与执着，所以阅读是致敬，也是采撷先辈流传至今的精神之光。

一

读书之前，我是一个在尘世泅渡的人，浮沉不由自己。打开一本书，就像上了一叶扁舟，虽然在茫茫人世之海中依然势单力薄，却凭着手中的船桨，掌握住自己的方向。

靠岸不靠岸，自己说了算。读到喜欢的书，遇到书后投缘的那个人，我会心生安稳、妥帖之感，会把书和人装在心里。这种装了以后的吸收或融合，就是靠岸的感觉。靠了岸，我也不下船。不聒噪，不叫嚷，打过照面，几句问候与叮嘱之后，我就划船离开，继续我未知的阅读之旅。时至今日，我已经数不清靠岸的次数了，我敢肯定的是它们都化为了我生命的血脉。

在茫茫书海中泛舟,可以靠岸的机会其实不多,所以我珍惜每一次靠岸。不靠岸的时间更为漫长,我亦惜之,因为它让我心潮起伏,思考良多。读书的有疑比有得,也许更具长远的意义。

二

有那么几本书,是我们口中时常提及的,是我们下笔时不由自主会想起的,是我们在别的书中不经意撞见与它们相关的只言片语便会引发心中波澜的。这些书就是为我们打下精神底子的书。

这些书是我们用来行走布满荆棘的人生之路的,正因为足下的空间有限、狭窄,而且成长的要紧处也就那么几个关键的节点,因而这些书必定是屈指可数的几本,它们的精神基质应当是厚实的、刚硬的、耐人寻味的。

精神成长之路,人各有异。因而,对于不同的人来说,这些打底的书目也必定不可能完全一致。如果有两个人曾经接受过同一本书的启蒙与润泽,那么,这两个人可能会成为知音。知音不一定要在现实生活中碰过面,隔代的人在书本里、在方块字中结识也可以成为知音。

三

人的心灵，需要徐徐散开的书香气来润泽，来抚平，来充实，来唤醒。虽不能取得立竿见影的成效，但是假以时日，阅读撒下的种子，一定会让心灵慢慢变得葱茏青翠。信仰与道德，原本就与真、善、美有着深刻的联系。

拥有信仰与道德，就像一个人在社会大潮中随波逐流之余，拥有了一处遮风挡雨的屋檐，可以思索自己的人生与身外的社会。阅读是一剂安神药，可以帮助你找到一条阳关大道，走自己的路，让别人说去吧。

四

拥书自囚者，一种是书呆子，一种是书痞子。

书呆子是真心喜欢书的，只是读了书之后变得迂腐、呆滞，不通现实。本来“活着”的人，读着读着，就变成“死了”的人。堆满书籍的书房，成了他躲避现实的绝缘体。这种人还算不上所谓的“两脚书橱”，“两脚书橱”起码从书中吸收了不少知识，多少还有些与现实对接的能力。书呆子往往会让书籍压在脊背上，扛着书滞重地前行，从而成了书籍的奴隶。

书痞子，指的是拥有书籍却变成流氓和无赖的人。他们拥书满屋满室，却从来不读书，只用书籍一来装点门面。高大成排的书架安放在座位的后头，置身其中，顿觉自己是个有文化的人。这样的人不是不能读书，而是不愿读书，不想读书。如此，更显其蛮不讲理的无赖行径。

五

“浮沉宦海如鸥鸟，生死书丛似蠹鱼。”在给自己提前撰写的挽联中，纪晓岚展示的是自己的两个身份，浮沉宦海是社会身份，隐藏书海是精神身份。前者身不由己，后者全凭自我。一跌宕，一安稳，对比何其强烈。幸而有书给他提供避风港。躲避其中，可以舔舐现实带来的累累伤痕。

除却身份展示，这副挽联还有明志之意。纪晓岚浮沉宦海多年靠的正是书籍供给的营养。宦海浮沉，若无书籍作为强大的后盾，恐难以办到。

何为“蠹鱼”？蠹鱼乃书虫。唯有日日沉浸书丛，方才称得上蠹鱼，方可自诩为书虫。若无痴迷，断无以书为精神后盾的可能。人唯有深深地爱着书，书才会反过来深深地照拂着人。

六

如果说世间有什么物件在看似坚如堡垒密不透风的同时却又四面敞亮里外互通的,那只能是书了。现实是一个世界,书籍是一个世界,只要人类还在不断书写,就预示着书籍还未穷尽生活的所有奥秘。

书籍是现实甘之如饴的追随者。书籍的存在体现了人类的坚持与执着,所以阅读是致敬,也是采撷先辈流传至今的精神之光。一本书的生成源于采集了生活中的一部分光和热,借用文字折射出色彩斑斓的生命映象,或令人愉悦,或让人无奈,或使人哀伤,或催人向上。

与书偕隐不是避世,它与深入现实一样在品尝着人生百味,唯独不同的是它可以让自己在持守清静的同时,冷眼旁观他人的热闹,从而更好地自问自省。品读梭罗的《瓦尔登湖》,对于 19 世纪上半叶美国公民通过斗争追求自由的探索之路,对于公民的权力在现实中的处境,会有更深的认识。

有时候,读着读着,我会突然意识到书是很神奇的东西。除去书中的文字,以及阿拉伯数字的页码,它其实就是一堆纸的拼合而已。如果把书比作一个人的话,那么一个个的方块字,就是一个人的心灵的窗户——眼睛。

它虽不会发出声音，却告诉我们千言万语。眼睛大概是人体中除了嘴巴之外，最会言语的器官了。因为有了方块字，书从物质形态的存在，升华为精神形态的载体，记录下人类漫长又值得自豪的文明史。

倘要讨论书的神奇，任何一个爱书人，都会有自家的一番见解。在我的阅读体验中，就常常遇到这样的画面。在我的眼睛与文字相遇之后，纸页上逐渐升腾起朦朦胧胧的烟雾，文字日益模糊，瞬间幻化为一个个精灵，在我的眼里活泼地跳跃着。他们有着小小的脑袋，小小的身躯，小小的手脚，他们睁着圆溜溜的小眼睛四下里瞧着，接着就不约而同地张开翅膀，从纸面上轻盈地飞了起来。

他们的翅膀是摊开的一本书的模样，未张开时躲在小身板的后头，不仔细看是看不见的。看着他们一个个飞走，我的鼻尖仿佛嗅到了一阵阵不绝如缕的香气，也许这就是书香吧。

秉烛夜读

“天涯怀友月千里，灯下读书鸡一鸣。”

一

陆游有诗曰：“天涯怀友月千里，灯下读书鸡一鸣。”诗人曾挑灯夜读直至白昼，可见阅读之痴迷。这种阅读之至境想必不是仅此一回，而是常常为之的。在没有电灯的时代里，一盏盏煤油灯不知陪伴寒门子弟度过多少个不眠的夜晚。多少人读得两只鼻孔黢黑却不自知。煤油金贵，好书宝贵，岂能太在意鼻孔黑不黑？即便知道，怕也没空擦洗的。

一灯如豆的夜读，因了黑夜的漫无边际，因了生活的窘迫拮据，颇有几分苦读的意味。难挨的苦读为何能一直坚持下去？因为有未来的光芒在照耀着。不管读的是什么书，读时怀着怎样的心境，挑灯夜读甚至还带着几分悲壮的色彩。

汉乐府诗亦有句曰:"昼短苦夜长,何不秉烛游?"意为既然老是埋怨白日短暂、黑夜漫长,为何不拿着烛火在黑夜游玩呢?此句是积极还是消极,端看游玩之旨落在何处,不可笼统地一概而论。黑夜里,在书海里游览,不也是夜游之一种?如果此句确然,秉烛夜读就有了对接古今的长远意义。秉烛夜读可以视为精神振奋、生命拔节的一种体现。古人参加科举,少不了熬夜苦读这一蓄势之举。蓄势待发,为人生找到出路便有可能。夜读的背后是家族的期待、亲友的期盼,夜读之义无反顾其实是相当动人的。少时的归有光被祖母开了个"大类女郎"的玩笑,定然少不了熬夜苦读给老人家留下的深刻印象。

而今灯光可彻夜,秉烛夜读却难得了。停电时家中是否有蜡烛是一回事;即便有蜡烛,是否有阅读之念又是一回事。年少时电力供应时常中断,偶尔秉烛夜读,至今印象深刻。周遭是茫茫的黑夜,有烛光照亮,照在书上,照进心里。黑夜并不让人畏惧,仿佛成全了自己成为那点光的主宰,提醒自己日后必须有光。

二

美学家朱光潜先生在《谈读书》中对青年说道:"你每天真抽不出一点钟或半点钟的工夫吗?如果你每天能抽

出半点钟，你每天至少可以读三四页，每月可以读一百页，到了一年也就可以读四五本书了。”这是先生号召青年人读书的良苦用心。

我们不难看出读书的两个要点。

一是必须有时间作为保证。否则拥有再多的书，也只是徒劳。只能干瞪眼，临渊羡鱼。一个人不管再忙，只要愿意，总能在百忙之中抽出用来读书的时间的。不必说半个小时，哪怕十分钟也是可以的。同样的一段时间，你可以选择喝咖啡，也可以选择读好书。

二是必须每天都抽出时间来读书，养成每日必读的习惯。无数个每日的坚持，才能积少成多、聚涓涓细流成浩荡江河。

反感读书、畏惧读书，甚至故意不读书的人，尤其是尚未施展拳脚，拥有满腔抱负的年轻人，如能读读朱光潜先生的这篇至善名文，想必多少会有些触动的。

三

启功先生有诗云：“读日无多慎买书。”这是走到人生末段的老人家对阅读的郑重，对自身处境的了然于心。时间不多，故而买书得谨慎，阅读的书目更要精挑细选。只读经典的，只读内心认可的，只读真正喜欢的书。影响书目选择的因素有多种，年龄与阅历是其中两种。

有感于老人家的自知之明，反观周遭的人群，不难发现现代人多乏自知之明。从不读书者或是贬斥读书者，若常把读日无多挂于嘴边，则是自弃之言、自欺之语，多是不读之借口，掩盖的是不愿之实情。正处蓬勃年岁的人，乐读之余，若知时光有限且能买书谨慎，则是难得的清醒者。

一则愿意，故而珍惜可以阅读的每一寸光阴。二则精明，选择书目时有一双火眼金睛。二者结合，则是把有限的时间用在读最好的书上面。如此，则是对启功先生郑重阅读的传承。

四

晨读可以朗声读，有振奋人心之效。开启新的一天，从充满活力的诵读开始，像是给自己一种充满斗志的心理暗示。今日须过得有声有色，有滋有味，有盼头，有志气。清晨之读也可以静静地读。此时少有外人打扰，头脑清楚，最适合听心爱的书籍诉说往事。

在好书中遇见一个意外的好句，仿若遇见一件新鲜事。如果碰上一个美好的段落，就像踏上一段全新的旅程。就阅读书目来讲，最适宜清晨之读的当是古诗词。

朴素的词汇聚成浩浩荡荡的情感之河,漫溢读者心中,带来的何止是美不胜收呢?赏读言有尽而意无穷的诗词,不必费去太多的时间,却能在心中留有余味,如陆游所言"读书有味身忘老"。一早的阅读就像为心灵注入活水,让人有了重新出发的勇气,怎么会感觉到时光的流逝呢?

不停止阅读

“我们不会停止阅读，即使每本书总有读完的时候，如同我们不会停止生活，即使死亡必然来临。”

一

未曾读过波拉尼奥的诗歌和小说，却很喜欢他的一句话：“我们不会停止阅读，即使每本书总有读完的时候，如同我们不会停止生活，即使死亡必然来临。”读完一本书，还有下一本书，还有无穷无尽的书籍。经历一次死亡，还有下一次死亡，还有无穷无尽的死亡。换言之，书籍是读不完的，生活是永远在继续的。短暂的悲观中浸透着永恒的乐观，它让我由衷地喜欢。

乐观源于咬定青山不放松的倔强，倔强中又有良苦用心。波拉尼奥的话像是一份宣言：阅读是生活的标志，除却死亡，没有人能阻挡阅读的实现。波拉尼奥的口吻是斩钉截铁、单刀直入的，同时又因打了一个比方而显得含蓄、婉转。兼有两种风格，意味着它可能打动更多人的心。

活着需要阅读。没有阅读便不是真正意义上的活着。或者说阅读是更深层次的，超过世俗活着的另一种方式。波拉尼奥给人们带来的首先是信心，只要你愿意，你可以多一种活着的可能；其次是提醒，如果从不阅读，是不是会变成所谓的行尸走肉？

二

如果因为俗事烦扰导致一日无法读书，我会期待着这一日早点过去，明日赶紧到来。如此期待，并非我不珍惜今日，而是因为我渴求书在手中的充实、安谧、陶然。

我试着强迫自己一日不读，却从来不曾实现过。我要行走，书是我脚底的清风；我要说话，它是我双唇之间的气息；我会喜怒哀乐，它是我连接各种情绪并使之正常转换的催化剂；我对未来充满期待，它是我壮行的酒和高擎的旗。与其说书在我的身边，不如说它在我的血肉中、骨子里。

这貌似强迫的举动，看似情非得已，实则是给自己一个机会，对亲爱的书籍进行一番大胆的表白。我还年轻，未到手中无力的时候；我还顺遂，未曾遇到不可逆转的苦难。所以，一日不读，只是我的一种假设、一种遐想。它更明显地反衬出我与书之间的关系，不是藕断丝连，而是根深蒂固的相知相守、相携相伴。

三

夜晚是休憩的时间，当周围的人们都渐入梦乡的时候，正是我绝佳的阅读时光。无人打扰时，打开一本书，安静得仿佛可以听见自己的心跳。夜读就是一个人拥有一个世界，有普天之下唯我独尊的气概，世人皆睡我独醒。此时的阅读涤荡了疲惫的身心，为明天的再出发换上一张充满朝气的脸、一颗自信的心。

在城市里夜读，听到马路上疾驰而过的车辆，我则会暗自庆幸不已。当自己在享受书籍的陶冶之时，尚有不少人在黑夜里奔波，我又岂能让夜读的时光沉浸于花里胡哨的书里？所以，夜读是我亲近经典的固定时光，不求快，不求多，一次读上一点点。

夜读就是品尝一道道精神盛宴，没有让人眼前一亮的造型，没有五花八门的调料，只有一向朴素至极的内核。

四

一个人在社会的百般历练中成长的同时，也在阅读的千趟旅程中成长。阅读是打开一个不同于周遭现实的世界，让人在物质的贫乏与精神的苍白中逃脱出来，寻得愉悦己心的快意。每当我欣欣然打开书卷的时候，总会情不自禁地忆起少时读书的情状。

我也曾囫囵吞枣过外国小说，也曾不求甚解于古典诗词，也曾孜孜以求老师推荐的传记，也曾念念不忘同学手中的漫画书，少时读书的种种画面，我至今历历在目。这些画面之所以如此鲜活生动，旨在于阅读一旦在心中生根，就会毕生相伴相随，永不分离。因此，少时的读书对人实是有毕生影响的。

是否卖火柴的小女孩于安徒生笔下展现的柔软、凄凉与悲惨，在我心中激荡开来的情感浪花依然没有散尽，才惹得我至今依然钟情于阅读童话？在一个月的时间里读了几本书以后，我总会暂时别离讲述世间忧愁与人生艰辛的书籍，投身于童话的怀抱，让人心的单纯与美丽给我的精神世界来一场酣畅淋漓的洗浴。

五

逡巡于书架前，打开藏有诸多签名本的柜门，翻看一行行字迹各异的题签，目睹作者鲜红的名章或闲章时，我总是回想起初次打开它们时的情景。那种被作者信任的温暖，始终贯穿于阅读的始终。

书是人类精气神的载体，签名本更是友情的美好见证。秀才人情一本书，虽轻却重，似薄犹厚，寄书一本，是整个心灵世界向远方好友的坦然打开。好友也许多年未见，也许素未谋面，可是他全然不顾时间流逝带来的阻隔，亦不顾距离遥远带来的生疏。因而，这份毫无保留的信任弥足珍贵。岁月无情书有情，身兼作者与读者、朋友与朋友的双重关系，这种缘分可谓世间少有。

抑或冥思苦想，抑或文思泉涌之后，作者从笔端流泻出的文字，变成了正襟危坐的铅字。书籍的扉页上倘能缀上手写的上款与祝福语，笔迹带着温度与性情，恰恰可与生硬的印刷体互为补充，互相调剂。刚柔并济、冷暖交织的两种字体并存，让书籍的魅力陡增许多。

长大后的迷恋

年少时有梦想，深情地爱着书，书中有梦想的雏形，有梦想带来的激励。长大后，因为要面对严峻的生活，书如惦之念之的初恋情人，往往在回忆中翻阅，在现实中尘封。

一

当从精神饥荒中走过来的民众正在渴求精神食粮的时候，我还处在一生中尚未启蒙的孩提时光。等到长大后迷恋上了书，知道了那段阅读的美丽岁月之后，我不禁慨叹余生也晚。

那个时候，大街上排着最长队伍的是新华书店门口，有西方文学名著出了新版，即将于次日发售，人们不约而同提前一夜来等候，唯恐次日买不到心仪许久的书籍。那个时候，人们交谈时谈论最多的是小说中的人物角色，其命运的波澜起伏，其精神的可歌可泣，其结尾的命运走向，都时刻牵动着读者的心。那个时候，人们最愿意结交的朋友是诗人，是作家，是文学爱好者，他们有共同的兴趣，即使口音不同，也丝毫不影响彼此的心逐渐靠拢。

不管是老一辈的口耳相传，还是作家们的亲笔书写，都是20世纪80年代阅读经过人心的发酵之后洒下的斑驳光影。光影虽美得令我向往，却也苍白得有些让人心酸。过于狂热的读书事出有因，而阅读状况过于冷淡以至于荒芜，则显示出社会的某种病态。

二

年岁渐长之后，好书似乎只有独处时静静品读，才能读出与生命共鸣的节拍。热闹的时候，书中的文字像是与自己有仇，幻化出百般模样，让我捉摸不定，眼花缭乱。

好书共赏的情景，鲜明地镌刻在年少的回忆里。印象最深的是日本漫画家鸟山明的《龙珠》，只要集齐七颗龙珠便可实现任何的梦想，这个梦想在远方指引着悟空、小林等人踏上未知的探险之旅。这趟旅行充满挑战与惊险，又偶尔伴着轻松与诙谐的气氛，让读者紧绷着的心，得到适时的松绑。我和小伙伴们争着阅读仅有的几册漫画，纸张有的卷了、皱了、旧了，甚至破了，粘好，继续在几个人当中流转。我们都是悟空的崇拜者,如果我身上也有一点英雄主义情结的话,可能萌生于此。

而今,漫画读得少了。从漫画到文字,是从具象到抽象的转变。长大后的我,逐渐认识到,最美的画面通常都在文字里,文字比画面更让人产生想象。

三

在年少岁月里,许多人都有着浓厚的爱书情结。长大成人后,追忆起年少时的阅读往事,总是满脸笑意,且伴随着无限回味的感觉。真是书中滋味长啊!然而,随着年岁渐长,生活被柴米油盐挤压得不剩丁点的精神空间,书籍慢慢被抛诸脑后。年少时有梦想,深情地爱着书,书中有梦想的雏形,有梦想带来的激励。长大后,因为要面对严峻的生活,书如惦之念之的初恋情人,往往在回忆中翻阅,在现实中尘封。

长大后倘能依然如年少时那般爱书,尽管已到中年,依然可以在日常生活中实现自我的精神成长,或者说,依然还是有梦想的人。判断梦想的有无,是不能按照年龄来划分的。

想要真正实现强国梦,首先需要的是每个人都有梦想。把阅读推广的书香种子播撒到每个人的心里,让每个人的心中都拥有梦想,假以时日,就有可能汇聚成汹涌澎湃的大洋大海。

四

我享受于每一趟未知的阅读之旅,因为它充满未知,可以满足我的好奇心。一趟旅程刚完,掩卷沉思,心中独自回味着。面对满屋的书籍,上下打量左右摇摆着,尚未决定再开启哪一趟旅程。因而,有一段与书籍暂时脱钩的间歇期。

这是承上启下的过渡时光,看似无关紧要,却并非可有可无。它是沉淀的时候,沉淀上一本书的阅读给我带来的智慧启迪、精神洗礼与心灵撞击。它又给我余裕,让我在新的心灵状态下,选择一本心仪的好书。可以说,它的存在让我接下去的阅读旅程充满了无限的可能性。

多少次在这段或短或长的时光里,我总是故意放缓重新开启旅程的速度,让心灵处于空白的状态,就像在劳累的时候,眺望远处起伏的山峦,听听耳边的鸟语,也是生命的一种美好状态呢。

五

我会在刚刚读完一本书,而手头没有新书或是暂且不想开启下一趟阅读之旅的时候,翻一翻书中画过线的句子，读一读折过的页码中的内容。这是阅读过后，精神上再一次吐故纳新。

如果说刚读完的好书是新结交的朋友，有一见如故之感。那么这些被我做过记号的文字就是朋友身上的优点。朋友的优点，是我必须牢记并学习的，岂有不另眼相待之理？这所谓的另眼，就是要正视，不忽视，不漠视。鲁迅先生说过："必须敢于正视，这才可望敢想、敢说、敢做、敢当。"正视朋友的优点，是改正自己的缺点，获得前进的勇气，力争上游的起点。所以，在这承接转换的时间里进行的一番温故，是蕴藏着巨大生命力的。

这种温故就像是有过一段人生征程之后，回头自查自省，这是很有必要的。更何况，它是取朋友之长补自己之短。

六

有童书的日子，就像置身于微风吹拂的春光里，浑身舒畅轻快，追随作者的笔触，把所有的烦恼都抛诸脑后，顺便清洗心池，除去其中的功利之心，恢复年少时的一派明净。丰子恺的《护生画集》也是一种童书，"护生"者，是呵护生命中的种种美好，呵护一颗充满童真的心，也是热爱生命中所有的美好。成人不也需要有这种情怀吗？

“真”是生命中诸多美好之一种。与散文随笔相伴的日子里，我定要选择那些抒发真情真意的文字。我的心境是服帖的，是平和的，听人讲述故事的同时，也在接受精神的洗礼。“千学万学，学做真人”，是陶行知给予后人的警语。

读传记是见识一段段可歌可泣、可悲可叹的历史，是指引，是提醒，是鞭策，是风雨前行中的心灵震撼。这样的传主太多了，多得仿佛组合成了唯一的一个，一直在我的心中装着，无形中长成傲然挺立的大树。我也不嫌多，因为每一条人生道路都是不同的，每一份心境也是曲折不一、各有值得品咂之处的。

四时读书之我见

春、夏、秋、冬四个季节，各有其特性。阅读亦因书目的不同、心境之各异、处境之变化，而有速度、节奏、频率、详略上的多种差别。不管哪个季节，只要愿意开卷，都能在复杂、纷繁的尘世里获得心灵的滋养。

春雨来时书做伴

如果说伴随着翻飞的黄叶翩然而至的秋雨有些黏滞、肃杀的话，那么春雨则是新鲜、跳脱、活跃的。春雨是热心的红娘，是顽皮的精灵，是天与地在冷战了一冬之后的再一次亲密对话。被厚重的衣裤包裹了许久的人们，也在春雨的暗示下，嗅到了春的气息、春的味道、春的感觉。

当春雨随着微风轻叩门扉，抑或沾湿裙摆的时候，悠悠然地开卷不失为一种美好的选择。我以为，这是亲近经典亲近名著的最佳时光。在蕴含无限可能的春天里，感受经典作品散发出的宏伟与壮阔、大气与磅礴,是一桩喜上加喜的事情。由傅雷翻译的罗曼·罗兰的长篇小说《约翰·克里斯朵夫》是一部富于生命力的作品,它曾经给陷于迷茫、困顿中的青少年送去多少温暖与慰藉。罗曼·罗兰在小说序言的末尾写道:"在此大难未已的混乱时代,但愿克里斯朵夫成为一个坚强而忠实的朋友,使大家心中都有一股生与爱的欢乐,使大家能不顾一切地去生活,去爱!"过了而立之年的我,在万物勃发的春日里,阅读此书依然不忘英雄梦。

我并不想当所谓的"大英雄",我只想当自己生活里的英雄。小小的英雄,不气馁,不暴躁,不懈怠,不荒废,不沉沦。正因如此,傅雷翻译的《约翰·克里斯朵夫》是我常读常新的书。经典作品的存在正是一个切近可触的标杆,走进一颗伟大的心灵,不管是作者的还是书中人物的,都是向着最好的自我慢慢靠近。

夏天正是读书时

夏天是一年里最炎热的季节,也是最容易心烦气躁的季节,此时读书是最合宜的。翩翩然打开一卷心仪许久的好书,犹如春风拂面来,顿觉神清气爽。特别是午后的闲暇时光,翻阅一册唐诗或是宋词,轻诵古人吟赏夏日的好词佳句,不也是人生一乐吗?杨万里的《闲居初夏午睡起》就是一例:“梅子留酸软齿牙,芭蕉分绿与窗纱。日长睡起无情思,闲看儿童捉柳花。”

读书是可以消暑的,在古人营造的闲情意境里,寻一方心灵的天地,外间的暑热仿佛也就随之消散一空了。也可以读一读传记,在伟人的人生道路上找寻一番借鉴,体会另一种有别于现世的心境。借助作家的文字,让自己心中的理想在阅读的过程中伸出小小的触角,探寻一番,小心翼翼地,总比生活中一味循规蹈矩来得强许多。美国传记作家欧文·斯通的《渴望生活——梵高传》是值得一读的,他为读者讲述了大画家平凡又伟大、可悲又可敬的一生,我们兴许会在其中烛照到现实中的磕磕绊绊,以及自伤自怜的心路历程。

阅读一本好书,会让浮躁的心稍微平静一些,进而回味过去,寻思现在,遥想未来。经由阅读,一本好书才会在心中竖起一把梯子,一把从现实迈向理想世界的梯子。心静自然凉,这是人们常说的话。如何心静呢?阅读无疑是通向这一境界的良方。

秋风渐起好读书

秋风起,秋雨落,正是读书好时候。夏季的炎热逐渐褪去,凉爽渐由心底升起,在书香的濡染中与指间的岁月长相厮守，自能得到一份辽远，一种大气，一回丰硕。

看着枝头垂挂的果子由青涩稚气转为通红成熟，看着农人脸上笑容逐渐绽放，我顿觉读书人在心田里的耕耘与农人在大地上的耕作有着同样的精神皈依。一分耕耘，一分收获。阅读，可以让一颗荒芜苍白的心逐渐走向充实高贵，阅读的分分秒秒见证了成长的点点滴滴。用心于精神收获的阅读者，与期待于秋日丰收的农人，都是现代社会里可贵的人群，他们都有勤恳的心态，都有诚实的品性，都有顽强的希望。

收获的季节，更让人心生生命短暂的紧迫感，阅读的步伐也会加快。心中的躁动也早已随着夏季的消逝而散去，唯留平和、宁静、安逸，于这般心境中更能回应文字里流淌的人生百味，更能感受书中的各种境遇，进而让自己的生命拥有更深厚的底蕴。

严冬袭来读书"薄"

万物逐渐凋零，天气越来越肃杀的时候，冬天如约而至。如约而至的不仅仅是时令，是季节，还是人的心情。春天时，人们意气风发；夏天时，人们火热躁动；秋天时，人们心情渐趋低落。冬天里一切仿佛停滞萧瑟了，包括周遭的环境，也包括人们的心情。这个时候读书，不必求多;读的书,无须求厚;读书的速度,不必求快。只消轻轻薄薄的一册在手,随意读它一两篇或两三则,便是日常生活中的一种调剂、一种变奏、一种补充。无须在心中掀起巨大的波澜,只消荡开几圈涟漪,正是冬日阅读适可而止、点到为止的妙处。

《世说新语》是一本包罗万象的书,是由一则则短小精悍的文章组成的书。这样的书可以日读三则,上午下午晚上各一则。不用占据生活太多的时间,却能够暂时忘却现实的烦忧,陷入遐思之中,心绪仿佛飘到了很远很远的地方。冬天正是最适宜遐思的季节。陈仲举的礼贤下士、王羲之的个性独具、刘伶的放荡不羁、王恭的名士之论,都是值得反复咀嚼的人性之光。

席慕蓉的诗歌多有文简情长、言近旨远的佳构。由《七里香》《山月》《青春》《一棵开花的树》《如果》这些诗歌交织而成的多彩瑰丽的人生,会让冬天里亲近它们的人,对来年心生更多的希冀吧?

春、夏、秋、冬四个季节,各有其特性。阅读亦因书目的不同、心境之各异、处境之变化,而有速度、节奏、频率、详略上的多种差别。不管哪个季节,只要愿意开卷,都能在复杂、纷繁的尘世里获得心灵的滋养。

书评是一座美丽的桥梁

“书评就是媒介，它站在读者和作品（作者）之间，缩短了‘欣赏的距离’，打开蒙在作品之前的一层障壁。”

——侯金镜《书评和读者》

何为好的书评

书评从出现后发展至今，这一路跌跌撞撞地走来如果也算是一段历史的话，那么萧乾绝对是其中的关键人物。他既是书评写作的大力倡导者，也是书评理论的研究者，更是书评写作的实践者。与此同时，包括巴金、叶圣陶、沈从文、朱光潜、施蛰存等大家也有意无意地在书评史上留下了自己或深或浅的印记，让读者感受到他们的深邃与丰富。

只是把书的内容介绍一通的文字是算不得书评的，仅有介绍性的申述既不成其为书评，更算不得批评，因为它缺乏客观的判断。介绍性的申述只是广告之外掺杂了些许水分而已,一拧就干,主观的解释与判断远远不够或几乎为零。“一个公正的书评家不但不应冤枉作品,还得切实地发现它的价值。”书评要避免势利,赞许与毫无原则地说好话是不能画等号的。“然而如若不是你,我的书,我的心灵早该和朝花一样奄奄。你是我的灵感,你让我重新发现我自己,带着惭愧的喜悦,容我记下我再生的经验,和同代男女生息在一起,永久新绿,而书,你正是我的大自然。”这是刘西渭对李广田的《画廊集》真挚的赞赏,当不会有人认为它是毫无节制的恭维与献媚。

萧乾的书评《郁达夫的〈出奔〉》的末尾这么写着:“我们向达夫先生和一切前辈所期望的还很多。”一颗热爱文化的赤子之心跃然纸上,然而,倘若有人认为此文尽是赞美之词的话,就大错特错了。萧乾在文中旗帜鲜明地提出自家观点,是读者对作品的不知足,是后生晚辈对前辈的不满。是不满,不是苛责。因为期待更多,所以言辞不让。虽然不让,却不失敬意。在肯定了郁达夫小说的优点之后,萧乾把目光聚焦于小说中的人物形象。他认为小说不曾让他看到“一个立体的、有阴阳面的、有血肉的活人”,而且在故事的组织上也存在严重的疏忽,“故事的紧松不是由情势的推演,乃是作者在奏手提风琴似的一纵一抽，呼风唤雨，做着无节制的玩弄。他玩弄了故事中的角色，也玩弄了灯下平心静气捧读着的人。"我再三读之，读之再三，深深服膺萧乾书评之美的同时，愈发坚信倘若郁达夫先生读到此文，也可能会欣然接受并引萧乾为知音的。言为心声，情词恳切，就书论书，不为书之外的主客观因素所左右。这便是好的书评。

除了萧乾、巴金、沈从文等名家之外，张庚、刘西渭、常风、李影心、陈蓝、黄照、杨刚等人也曾经不约而同地发出关于书评的一家之言。这些人要么是专职的书评家，要么只是偶尔撰写书评，他们无一例外地有一个共同之处，即"首先须是一个爱书的人"。如萧乾所说："如果把话说得响亮些，就是一个关心、爱护、促进文化的人。"他们独具个性的影响力，以及他们的文章得以流传至今，必与他们爱书、热爱文化的情怀有着很深的关联。而这种情怀最直接的展现便是在书评写作上。这些由他们撰写的 20 世纪 30 年代刊载于《大公报》上的书评，想必当时也引起了不少读者关注。由于萧乾的大力倡导与主持，《大公报》成了书评这一类型文章的主阵地。

侯金镜在《书评和读者》中对书评的定义与界定很中肯："书评就是媒介，它站在读者和作品(作者)之间，缩短了'欣赏的距离'，打开蒙在作品之前的一层障壁。"阅读书评前，我常怀揣一份美好的念想，以之为一趟美好的精神之旅。如果书是我读过的，我想看看别人眼中的这本书有哪些我未曾发现的闪光点。如果书是我没读过只是耳闻过的，而我在近段日子里有可能阅读的，我会把书评略过，避免先入为主，避免好奇心的消失。如果书是我没读过没听过，却又在我感兴趣之列的，我会把书评当成一种召唤、一种指引，唤我引我在未来的日子里，成为作者更成为书评家的知音。

书评架起的美丽桥梁，不仅紧密地连接着作者与书评家，还拉近了读者与书评家之间的距离。要知道，书评家最纯粹最本色的身份也是读者。爱书的读者读着书评家的作品，与其说是阅读，倒不如说是召开了一场只有两人参加的读书分享会。这样的读书分享会不拘泥于形式或场合，而悄然地在人心之间传递着。由此可知，书评虽然不专为一种文体，却自有它理应存在的意义。既然可以进行你一言我一语的“面面观”，就可见书评值得探究的种种可能性。

不同的书评家对同一本书分别产生浓厚的好奇与兴趣，此为“和”。在好奇心与兴趣的驱使下，分别写出了带着个人观点与见解的书评，此为“不同”。“和”是共鸣，固然美妙；“不同”是大路朝天各走一边，这才是发人深思，令人警醒的。因此,书评所架设起的桥梁,还在于书评家与书评家之间。朱光潜在《谈书评》中说:“世界有这许多分歧差异,所以它无限,所以它有趣;每篇书评和每部文艺作品一样,都是这‘无限’的某一片面的摄影。”一部好书受到更多的书评家的关注,且启发他们从不同的角度写出不同的书评来,是合情合理的美丽图景。

何为好的书评?答案是见仁见智的。叶圣陶认为好的书评需要有“体贴的疏解”:“假定我有些微的好处,你给我疏解为什么有这些好处,我就可以在这方面更加努力。假定我有许多的缺失,你给我疏解为什么会有这许多缺失,我就可以在这种种方面再来修炼。”常风以为,书评家同样需要一个批评家的基本知识和训练,书评的写作可以从小处着手,关注的“不妨是枝叶和琐细末节”,其本分和职责“只在向读者推荐该读或不该读”。在黄梅看来,书评所需要的是“态度的冷静、文字的朴素,对于书籍的同情和对于真理的拥护”。书评家要有自知之明,“不要评你们看不懂的书,不要评你们刚能了解字义的书”,“不要胡说些与你们所评的书丝毫无关的事情”。

在大力倡导全民阅读的当下社会中,愿写书评的人越来越多,愿他们的书评写得越来越好,让这些有价值的书评散播到天下爱书人心中,架起更美丽、更牢固的桥梁。

书评撰写的时机

读有所感，我便写在字里行间，写在文字之余的任一空白处。感受多则长至百多字的一段话，感受少则短至一句话或一两个流露自家心境的词汇，有所感却又无法诉诸笔端的，我就做各种标记。或画横线或波浪线，或打钩或加着重号，或画个笑脸或哭泣的表情，或折页以示重要。

在我写下感受，做下标记的时候，其实我的书评撰写已经开始了。把这些击中我心门的句子，把这些点滴琐碎的感受，用一条闪光的金线串联起来，便是我书评的雏形。是雏形也是草稿。所以说，我的书评撰写并不是在读完整本书以后，而是在阅读的进程中。边读边写，写得多了，书评的主线抑或脉络也就出来了。

不过，这只能算是阅读间歇的零敲碎打，是万里征程的第一步。真正摆开阵仗撰写书评，正儿八经地谋篇布局，则是在读完整本书之后，因为只有读完整本书才能有一个整体的印象，才能找到独属于自己又最感真切的切入点。

如果非要在一天的时间里选择一个撰写书评的时间的话，那必然是夜深人静的时候。小儿睡去、琐事暂无、手机沉静、万籁俱寂，正是凝神静思的好时光。下笔千言的前提是一人悠然自得地独处。独处的世界是一个人的国度，这个人是主宰一切的国王。他将要通过自己的笔流露自己的心声，创造一个崭新的世界，而夜晚又起到了很好的掩护作用。白日的喧嚣在此时沉沉睡去，你方唱罢我登场，夜晚让一颗心上下驰骋，让一支笔左奔右突，让一个个方块字熠熠生辉，照亮无边的夜。

撰写书评是与作者进行深度对话，容不得外人打扰，否则便会打扰谈话的心情，降低对话的质量，影响心灵的契合度。书评的撰写是阅读所思所想的总结，于夜晚进行也是最合宜的。夜晚是告别旧的一天，迎接新的一天，它是昨天与今天、今天与明天的临界点，起着承前启后、承上启下的纽带作用。撰写是总结，总结得与失、利与弊。总结是古人文中的“日参省乎己”，是为了更好地踏上新的征程。如果说阅读是见贤思齐的修行，那么总结则是吮吸甘露、反求诸己，为了遇见一个更好的未知的自己。

书评撰写的时机，因人而异；人各不同，写作时机无法也不必强求一致。一本值得玩味咀嚼的好书，可以触动不同的书评人，写出精彩纷呈的书评佳作。不同的书评人，也必有自己独特的写作时间。有人习惯早起写作，可以品尝晨曦的清新与宁静;有人常在午后写作,可以沐浴在温暖的阳光里;有人选择深夜写作,专心肆意地营造自己的精神国度。

书评写成草稿之后,宜放置几天,不可一蹴而就。刘禹锡曾说:“心源为炉,笔端为炭。”文章的写成必是一时心思的表露,故而会有浅薄、稚嫩、粗陋甚至词不达意之处,所以,文章由浅入深,由表及里,由不好到好,必有一个逐渐修改完善的过程。我修改书评常选择刚读完一本书,尚未起读新书的空闲里。修改的时候,我会再次翻阅所评之书,于随意翻阅的流连之间若有新的体会,便会令我心生意外之喜。修改文稿时的再读,正暗合了孔夫子所说的“温故而知新”。所评之书如果堪称经典作品,闲暇之时的修改既是写作的必然,又是必要的重读。经典作品常读常新,之后笔端更会有汩汩清泉流出。